文豪の食卓

宮本徳蔵

白水社

文豪の食卓

装幀＝唐仁原教久
デザイン＝最上さちこ

目次

一　鰻丼の決闘

伊勢の田舎から上京して半世紀になるが、杉並区に住みつづけている。生来の放浪癖と好奇心が齢とともにますます昂じて都内を常にうろつき回っているものの、深夜には杉並に寝に帰る。

もともとここに居を定めようとしたわけではない。大学に入ったばかりのときは隅田川のかなた、向島に憧れていた。高校生の生意気ざかりに読み耽った永井荷風の影響を色濃く受けていたからだ。玉の井と呼ばれる私娼窟が描かれた『濹東綺譚』は言うに及ばず、『吾妻橋』『日和下駄』などの世界がポッと出の十八歳にとっては、いかにも情緒テンメンに思われた。おまけに当時はまさに売春防止法が施行される直前に当たり、江戸花柳文化の最後の炎に触れておきたいとの気負いもあったことは否めない。

駒場の教養学部でフランス語の手ほどきにあずかっていた、文芸評論家の寺田透先生に相談

すると、

「止《よ》せ、止せ。きみは個人主義だろ。川向こうは親切で、おかずを沢山作りすぎたからといってお裾分けしてくれたり、隣の子どもを銭湯に連れてって背中を流してくれたりするほどだ。だけど、きみには倅《せがれ》もいないし、そんな必要はあるまい。だいいち、近所の人がいつ裏口から入ってくるかわからないいんじゃ、おちおちバルザックなんか読んでいられないぜ」

一言のもとに反対された。でも、荷風はモーパッサン、ゾラに心酔してフランスに遊んだ作家ではありませんか——と、恐るおそる言い返すと、

「だから、うんと離れた麻布に住んでた。玉の井へはチンチン電車を乗り継いで通ったんだよ。情緒テンメンはフィクションにすぎない」

同じクラスに平林若子さんという美少女がいた。お河童で背は高くなく、丸くひらいたおしゃれなスカートがよく似合った。どことなくグリム童話の魔法の森に生えている、愛くるしい茸《きのこ》といった印象だ。

「宮本君、将来は小説を書くつもりでしょ。あたしの義兄が作家なの。これ、貸したげるわ」

と一冊の本をわたくしの手のなかに置いた。著者は田宮虎彦。『霧の中』という小説だった。

不勉強なわたくしは、作者の名前も聞きはじめなら、明治維新から現代にいたる元武士の生きざまを描いた沈鬱な作風にもこれまで接したことはなかった。

平林さんは病弱な姉のとついだ作家の家に同居して、阿佐ヶ谷から通学している。中央線の駅の北口に近く、ケヤキの大木がウッソウと茂った森の一角だそうだ。ただし、森は森でもグリムとは関係なく、江戸時代からつづく名主の子孫の宏壮な屋敷だと告げられた。

四国のお遍路宿に泊まって孤独な旅をつづける主人公の学生が、どうやら作家自身らしい『足摺岬』、少年たちの絶望的な戦いと死をテーマにした『会藩白虎隊』など、問題作を次々に読ませてもらった。

だが、幸福は永持ちせず、姉が病死したのを機に、平林さんはその家を離れた。作家も阿佐ヶ谷を去り、以前とは比較にならぬほど寡作になった。やがて、古武士そのものの男性的な風貌からは想像だにできぬ、自殺のニュースが新聞に報じられた。

たまたま会った平林さんに質問すると、

「やっぱり姉がいなくなったせいよね。男の人は強そうでも——いえ、強ければ強いほど、身のまわりの世話をしてくれる女がいなくっちゃ駄目なのかも……。あなたも気をつけた方がいいわ」

悲しげにおっしゃった。かの女は英文科に進んだあと、一年先輩の小田島雄志と結婚した。坪内逍遙に次ぐシェイクスピア全訳を成し遂げるのを助けるかたわら、エッセイストとして自らも健筆をふるっていらっしゃる。

木の数はめっきり減ったけれど、ケヤキ屋敷は健在だ。そして作家がいたころと変わらず、すぐ傍《そば》で『大古久』という老舗の蕎麦屋が繁昌している。

今もわたくしは散歩の途次、中食をとるために月に数度はそこをおとずれる。いつも冷酒でとろろ蕎麦をたぐり、時にはケヤキ蕎麦と称する大盛りに舌鼓を打つ。ついでに付け加えれば、ここの鰊《にしん》蕎麦は東京一で、もしかすると京四条の『松葉』にすら匹敵するかもしれない。店で味わうだけで満足できず、甘煮を土産に包んでもらい、家で晩酌のつまみにする。

本郷の仏文科に入ると、篠田浩一郎と同人誌を始めた。篠田は学者肌だが、若い時分は小説の習作を書き、外村繁に教えを仰いでいた。長男の晶さんと都立大学で同窓だったからだ。

外村は地味な作風の私小説家であるにもかかわらず、謹厳純粋な性格で文壇の尊敬を集めていた。ただし、生活は楽であろうはずもなく、奥さんが文部省につとめることで一家を支えていた。

原稿を預けてから半年も経って、「すぐ来い」と連絡が来た。いそいそ出かけると、作家は容易に感想を口にしない。元来が富裕な近江商人の出で、照れ臭がりというか、口数が極度に少ない。篠田が気をきかして携えてきた日本酒の一升瓶をさし出すと、取る手遅しとコップに注いで一杯飲み干し、おもむろに語りだした。別人のごとく談論風発で、完膚なきまでに批評された。

それまでは手がブルブル震え沈黙を守っていたので、ひょっとするとアルコール依存症だったかもしれない。しかし、最後にニッコリ笑みを漏らし、「しっかりやりなさい」と励ましてくれた。

駅まで送ってきた晶さんが、

「いつもあんな調子だよ。小説家の息子になんて生まれるもんじゃない」

と言った。

その後、篠田は文芸評論家に志望を変えたために、阿佐ヶ谷がよいは止めた。あのまま外村門下に入り、私小説を書きつづけていたらどうなったか——といまだに思いだしては苦笑している。

阿佐ヶ谷文士村にかなり近くなったが、やはりとどめを刺したのは井伏鱒二である。音に聞くこの集落は自然発生的で、村長などいるはずもないけれど、才能といい人格といい、すべての人の見るところ井伏こそその地位にふさわしい。

わたくしがその名を知ったのは、田舎の小学校で五年生かそこらの幼いころだ。名前は忘れたが子ども向きの雑誌に、ロフティングの『ドリトル先生船の旅』という童話が連載されていた。獣や魚の言葉を理解し自由に喋れる異能の学者が主人公で、英語からの翻訳ながら生きいきとした文章だった。

学校の図書室には教師用と付箋を貼られた本も置かれ、『山椒魚』『屋根の上のサワン』などをそこで盗み読みした。井伏の作品は深さがあるばかりでなく、どことなしに剽軽《ひょうきん》な味に釣られ子どもにも親しめるところがすばらしい。思わず『川』『多甚古村』など長いものにまで手を伸ばした。

それが六年生のときで、戦時中のブランクをおいて高校に入ると、『遙拝隊長』『本日休診』『集金旅行』と夢中になった。

だが、いちばん深い影響を受けたのは短編『隠岐開墾村の与作』だった。日本海の島に住む平凡な百姓が山のなかで仕事中に偶然、貴人の古いお墓を見つける。役人の取調べに対する供述のかたちで、古墳の内部がこまごまと語られる。

すでに仏文科に進んでいたわたくしは、藤原定家に興味を抱き、その日録『明月記』を読みつつあった。飛鳥にある天武天皇の檜隈大内陵《ひのくまのおおうちのみささぎ》が盗賊たちに盗掘され、検非違使《けびいし》が犯人どもを逮捕したとしるされている。井伏の小説はそれとそっくり、ただ大和を隠岐に、天武を後鳥羽上皇に置き換えただけではないか。早稲田派私小説の流れにつらなるこの大作家はやはり七、八割まで事実中心に物語をつくり、最後のところで二割ほどのフィクションをさりげなく紛れこませる。それがいつもの手口ではなかろうか。

わたくしはこの仮説を実証するために、天武陵の実検記録に当たってみることとした。『阿《あ》不幾乃《おきの》山陵記』という墨書の写本が東大図書館にはないものの、竹橋のご門内にある宮内庁の書陵部には一部保存されていることを知った。

教授の紹介状を貰い、皇居内に設けられた静かな閲覧室に椅子を与えられじっくり読んでみた。案にたがわず、内容は井伏の小説と瓜二つだ。

詩人志望の渋沢孝輔らと始めた同人誌に、史実を忠実に再現する百八十枚の小説、『飛鳥に消える花』を書いた。意外にも多少の注目を浴び、ジードの『贋金つくり』の名翻訳者として知られる鈴木健郎さんから誉めていただいた。これが処女作となり、もしかすると文壇に出られるかもしれないとの自信を得た。

わたくしはそれまで住んでいた浜田山から荻窪の清水町へ引っ越した。誰にも語らないままに心のなかでは井伏の弟子みたいな気分が生じ、もっと間近で暮らしたいと考えたからである。

借りたのは戦死した陸軍少将の家の離れで、六畳くらいの茶室になっていた。茶室とはいえ床には禅僧の墨跡も何もなく、中支方面軍司令官畑俊六大将のしたためた感状が掛かっていた。

未亡人は日本髪のよく似合う、おっとりした中年女で、

「この辺は首なし町と呼ばれてるんですよ」

とおっしゃる。退役軍人と、もとプロレタリア文学の作家が多いのだそうだ。

八十過ぎの老人が同居しており、もと陸軍大佐だという。運動を兼ねて広い庭を耕し、家庭菜園をつくり野菜を分けてくれる。わたくしの父が韓国から渡ってきたのを知ると、北朝鮮の羅南《ラナム》で連隊長をしていたことを語った。

「朝鮮には善良な人がおおぜいいました。友だちもできましたよ」

このあいだの敗戦については何の感想も口にしなかったが、ときおり、

「日露戦争は立派ないくさでした」

溜息まじりに口にした。
二、三軒へだてて片岡鉄兵の未亡人が住む大きな家があった。かつては小林多喜二がしばしば遊びに来て、二人で仲よくビールを飲む姿が窓越しに見えた。平成の世に及んで『蟹工船』

がふたたびベストセラーになっていると知ったら、かれらはどんなに驚くだろうか。

主人の死去した家には、左翼ならぬ石川淳が間借りしていた。ベレー帽に赤いシャツ、道化じみたパンタロンの作家が、午後おそく出かけるのと門の前ですれ違った。帝国ホテルへフルコースの夕食をとりに行くとかで、ひどく浮きうきした様子だ。

名作『焼跡のイエス』をものするとともに、ジード『法王庁の抜け穴』の名訳者でもある石川は、フランス語の名手だ。当然ながらヨーロッパに渡りたいが、まだ海外旅行の自由はなかった。仕方なく、村上信男シェフの本格料理を味わいワインを飲んで、代理欲求を充足させるのだろう。

三百メートルほど南に下ると、青梅街道と交叉する四面道の手前に、職員四、五人のささやかな清水町郵便局がある。毎月、伊勢の父親から為替が送られてくるたびに、わたくしはここを訪れて現金にしてもらう。だが、周囲の人びとに気づかれはしまいかと恥ずかしくなるくらいに、胸がドキドキし顔色が赤らんでしまう。

というのは、うっかりすると見すごして通りすぎそうなこの小さな建物は、当時の文学青年たちにとってはいずこにも比べがたい聖なる遺跡だったからだ。

東大仏文科に入るために津軽から上京した津島修治——のちの太宰治は、五所川原の実家から為替が届くごとに、ここで換金していた。ただし、旧制弘前高校（現在の弘前大学）のころから芸者遊びのはげしかった弟を、大地主の跡を継いだ兄は危ぶんだ。まとめて渡せば一晩で飲んで使い果たすに決まっている。一計を案じて後見人をもって任じる井伏鱒二を介し、修治の必要に応じて何度にも分け引き出すことにした。そんないきさつを、わたくしは雑誌を読んで記憶にとどめていた。

じじつ、局の裏手には、生垣をめぐらし黒い格子づくりの門をかまえた井伏の家がデンと鎮座していた。けっして贅沢ではないけれど風格をそなえた、農家でもなく町家でもない不思議な邸宅。四面道の付近に住む誰もが一定の敬意を払う、大正末期のものといわれる重厚な普請。

聞くところによると、太宰は井伏の「押し掛け弟子」だ。紹介者もなしに習作を携えて訪問し、

「弟子にしていただけなければ自殺します」

と脅したという。

井伏は早大卒なのに、東大とは縁が深い。大正末期、早大の吉江喬松教授が留学のために数年滞仏したとき、辰野隆が頼まれて講義した。教え子の一人が井伏というわけで、交わりは終生つづき、早くいえば気のおけぬ飲み友だちだ。阿佐ヶ谷で将棋会を兼ねた飲みパーティーが

始まると、辰野はいうに及ばず、英文科教授の中野好夫もしばしば一座に加わった。

わたくしが清水町に移ったころ、太宰はすでに玉川上水で自裁して二、三年を経ていたが、『トカトントン』『斜陽』などはもっともよく売れており、まだ生きいきとした現実的人格だった。

中島健蔵は小林秀雄の同期だが、気むずかしさも衒《てら》いもない、下世話に通じた座談の名人である。母校の講師を三十年以上もつとめ、『近代文芸思潮』というタイトルでコンニャク問答めいた授業を担当していた。単位が取り易いとの評判に釣られ、怠け者のわたくしも教室の隅に坐り、漫然とノートを取った。

あるとき、中島先生は入口近いわたくしの席に目を向けたかと思うと、前後の脈絡もなしに、「太宰治はいつもその席に腰を下ろして、ウツラウツラ居眠りしていた。まったくサボってるかと思えば、ときたまこちらのびっくりするような鋭い質問をする。ところが津軽訛りがひどいせいで、言ってることが半分も聞き取れない。ぼくが尋ね返したりしてると、いきなりドアを開けて教室の外へエスケープしてしまう」

そうおっしゃる言葉がまっすぐわたくしの上に降ってくる。代わりに恐縮する必要もないことだが、しばらく顔を上げられなかった。

陰に回ると先生ながら友だち扱いで、ケンチと愛称で呼ばれていた。中国の唐詩を訳した井伏の『厄除け詩集』（筑摩書房）に、

ケンチコヒシヤヨサムノバンニ
アチラコチラデブンガクカタル

とあるけれど、やはりニックネームで通っていた。アチラコチラというからには、井伏もコンニャク問答に付き合いつつ、幾軒も梯子して歩いたのだろう。たぶん、荻窪の『魚金』やおでんの『おかめ』が行きつけの店だったろう。

先の詩には、それにつづいて、

サビシイ庭ニマツカサオチテ
トテモオマヘハ寝ニクウゴザロ

とあるとおり、中島は堀之内妙法寺の境内に接する林のなかに居をかまえていた。松ぼっく

り、がころがりそうな閑寂な環境で、少し健脚なら阿佐ヶ谷から歩いて帰れなくもない距離だ。ボードレールやジードを縦横無尽に引用した文学論議の昂奮が冷めやらず、蒲団のなかで輾転反側して朝まで眠れなかったにちがいない。

太宰は仏文科においても「押し掛け学生」だった。出身の弘前高校にはドイツ語のクラスしかなく、フランス語をまったく解しなかったからだ。入学試験の日、教室で突然挙手して、

「先生、ぼくはフランス語ができません。答案を英語で書いてもいいですか？」

監督していた辰野が、

「じゃあ、きみ。隣でおこなわれてる英文科を受けたらどうだね」

と答えると、

「でも、ぼく、辰野先生の講義を聞きたいのです。何とかお願いします」

リベラルの権化みたいな辰野は、

「まあ、仕方ないだろう。英語で答えたまえ」

しかし、実のところはさほど純粋な動機によるのではない。どうせ中退して創作で身を立てようとする太宰にとって、科の選択などどうでもよかった。ただし、尊敬する谷崎潤一郎が国文科除籍である以上、同じ中退なら仏文科の方がカッコよかろうと考えたと、のちに友人に告

白している。

寺田透先生にはすぐれた『井伏鱒二論』があり、つねづねわたくしに向かって、

「井伏さんは辛いにちがいない」

とおっしゃった。

別の訳詩に、

コノサカヅキヲ受ケテクレ
ドウゾナミナミツガシテオクレ

師弟水いらずで対坐して盃を傾けつつ、太宰の酔態をやさしく見つめている。井伏自身は酔わぬわけではないものの、おのれを失うことはけっしてない。すでに何度か心中未遂をくりかえした末に、やがて必然的に既遂へ。弟子の才能の花開くさまを観察し、嵐の到来する予感をたじろがぬ冷静さで詩に結晶させる。

ハナニアラシノタトヘモアルゾ

「サヨナラ」ダケガ人生ダ

太宰の『グッドバイ』の甘さ加減があらかじめ撥ねつけられているではないか。

太宰はこのズレに苛立つ。遺書のなかで、

「井伏さんは悪人です」

と本音を漏らす。その声音には依然として甘さが含まれているだけに、くりかえしになるが、師としては辛いに相違なかろうではないか。

井伏にとってほんとうに至福といえる師弟関係は、三浦哲郎の登場を待たねばならない。かつて中野駅南口に普茶料理『ほととぎす』があった。禅宗とともに日本へもたらされた中世的な中華料理だ。井伏は三浦をお供にして何度もここをおとずれた。

F子という美しい仲居がおり、いつも二人の席で酌をした。他にも若い女たちがサービスし、太宰とは違うタイプのハンサムな新人作家は大いに持てた。

「お前たち、誘惑するな。この男は売り出し前の大事な身だ」

あらかじめ予防線を張って、井伏は愛弟子を危険から遠ざけようとつとめた。太宰の夭折がよくよくこたえたのだろう。『忍ぶ川』の純愛作品で著名になりかかっている三浦に、同じ逸脱がないとは言いきれなかった。

わたくしに多少の余裕ができたころ、『ほととぎす』はすでに廃業していた。F子は赤坂の懐石料亭『茄子』に移籍し、そこの女将が伊勢出身なので、割安料金で利用させてもらった。仲居ながらも三味線が弾け踊りにも堪能なかの女から、そんな打明け話を聞いた。井伏の用心がなかったら、三浦もひょっとすると危なかったかもしれない。それほどF子は魅力的だった。

ところでわたくしはといえば、井伏邸の門前を毎日通りながらおとなう勇気はなかった。黒格子が開いて人の出てくる気配はめったになかったが、それでも庭のうちに人影の差しそうな時刻は故意に敬遠した。

幾つか賞をいただいたりしたあと、ホテルなどのパーティーで悠揚迫らぬ井伏の風貌に接する機会が増えてからも、勇気のなさは変わらなかった。

『新潮』の元編集長坂本忠雄さんがなぜかこの積年の片想いに気づき、声を掛けてくれた。

「あなたは清水町郵便局の近くに住んでるそうですね。今度、井伏先生の家に原稿を頂戴しに行きます。よかったら一緒にいらっしゃい」

千載に一遇の幸運に小おどりせんばかりだったが、迷ったあげく丁重にお断りした。いざとなれば怖くて仕方なかったからである。

だが、そのことをあまり悔いてはいない。もうずうっと昔に聞いた噂だけれど、ひとつのエピソードが記憶にこびり付いている。ひそかに志賀直哉を尊敬している井伏に同情した誰かが、尻ごみする当人を励まし連れて行った。志賀邸に着き座敷に通されたものの、井伏は座蒲団の上で身をこわばらせたまま一言も発し得ず、ひたすら冷や汗を流しつづけたそうだ。

食べものにあまり好き嫌いを言わない井伏にも、『うなぎ』と題するよく出来た短編がある。そのなかで蘊蓄を披露して、

「蒲焼は中串に限る。食べるときは鰻屋に行き、大きさを選りながら生きたのを買ってくる。青黒い膚より、黒さに茶色けのあるのがいい。それも職人に頼まず、奥さんが自ら割いて焼くのが最高だ」

と述べている。ただし、これは自分の考えではなく、熱海郊外に住む旧友の——しかもその細君から電話で聞いた意見という設定になっていた。

早大OBの同窓会が熱海で催されるのを機に、井伏は茶色けのある中串向きの天然鰻三びきを手土産に旧友を訪ねる。とはいえ、いくら釣り自慢でもさすがに自信はなく、阿佐ヶ谷の鳶千という爺さんに訳を話して依頼する。鳶千はどうにか約束を果たし、生きたやつをビニール袋に水五升とともに詰めて渡してくれた。

ところが熱海に着き開けてみると、鰻はぐったり伸びていた。それでも『竹葉』という著名な店の職人を煩《わずら》わし、いい具合に焼いて貰った。

井伏は同窓会で酔い過ぎて、気にはなりながら『竹葉』に赴くことはできない。とうとう、さんざん骨折ったあげく、その鰻がうまかったかどうか、味わえないままで終わった。

読む者にしてみれば何とも中途半端な気分だ。でも、この有耶無耶さこそまさしく、井伏の本領であり魅力なのではあるまいか。

先に挙げた『隠岐開墾村の与作』でも、主人公の百姓が発見した古墓はほんとうに後鳥羽のものか否か、最後まではっきりしない。帝の陵としては別に京都市の左京区大原に存在することが正式に認定されているからだ。また『珍品堂主人』において、俄かに開業した骨董屋が家屋敷をことごとく抵当に入れて買った白鳳仏が偽ものかどうか、遂にわからずじまいだ。いや、そもそも処女作の名品で、『山椒魚』が閉じ込められた谷川の岩の隙間からうまく逃れられたのか、そのままそこで命を終えたのか、飽くまで知るすべはない。

村長の嗜好を反映したわけでもなかろうが、阿佐ヶ谷近辺には鰻のうまい店が今も多い。ちょっと思いついただけでも、荻窪の『東家』『安斎』『川勢』、西荻窪の『田川』、新中野の『小満津』といった具合だ。

いずれも板前は代替わりしているけれど、井伏との縁が辿れる店がなお残っているのは頼もしい。『田川』にはわざわざ鎌倉から足を運んだ小島政二郎と、二人連れでふらりと現われた。『小満津』は中野に移る前、店がまだ京橋にあったころ、菊池寛、横光利一らと一緒に何度か来たという。

今日ではそれぞれ孫と息子が跡を継ぎ、腕前も円熟した。わたくしはたまに出かけ、美味を満喫している。二つの店は程よい距離にあり、互いに相手を意識し、

「あちらさんはこのごろ、どんな様子ですか?」

と尋ねたりして、いい意味でライバル視し合っている。『小満津』は舌の上で溶けるくらいに柔らかく、一方、『田川』は鰻の野性味が保持され力強い。さらに一段上を目ざすためには、新たな目標が必要だろう。

井伏の鰻談義は微に入り細をうがっているが、タレの甘い辛いについての言及がない。言い忘れたというよりは、むしろ故意に触れなかったのではなかろうか。

タレに左右されぬものというと白焼だろう。青黒い膚に茶色けのまじる天然鰻のかおりを完全に味わおうとすれば、やはり白焼に限ると思える。

わたくしは不遜にも井伏先生に代わり、

「もはや蒲焼は満点だよ。この上は最高の白焼をつくってくれ。それも丸い鉢に入れたホカホカの飯に乗っけて、ガツガツ掻っ込める白焼丼を」

と、勝手に課題を出した。

二人の若い職人からまだ答えはない。天上のおじいさん、お父さんと相談してすばらしいものが出来上がったら、清水町のご霊前に出前で届けようと考えている。

二　散らし鮨と涙

「ドテラを着たままで歩けるのが荻窪に住んでる理由だ」

と、井伏鱒二はおっしゃる。かてて加えて、半ば屋台か露店に近いような安い飲み屋がどこよりも多い。そうした事情は今日でも変わらず、おかげでわたくしも半世紀になんなんとする長いあいだ、どこにも引っ越さないでいる。

たとえば同じように文士村として名高い鎌倉の場合、仮にも観光地である以上、真っ昼間からドテラで歩くというわけにはいかないではないか。

もっとも、これには少々反対の意見もあって、批評家の寺田透先生などは、

「鎌倉ってところは見かけによらず不便だよ。大佛次郎みたいにお金に不自由しない人でも、饂飩《うどん》屋で酒を飲んでる」

と、内情を明かしてくれる。先生の家は横浜とはいえ南のはずれの磯子、ちょっと足を延ば

して峠を越えれば、護良親王《もりなが》をまつる鎌倉宮の前へ出るくらいだから、中世のころは谷《やと》の一部だったかもしれない。

ここ十年ばかり前より、由比ヶ浜から葉山にかけてアメリカ風のレストランが増え風景は一変したが、一歩裏路へ回れば昔ながらの佇まいが保たれている。とはいえ、文士がフラリと入って来てサマになりそうな店は、やはり数が限られる。

大佛次郎の歴史冒険小説には、どこかフランスの匂いが漂う。子どもの時分に愛読した『山嶽党奇談』など、タイトルからして大革命期の急進左派をそっくり明治維新に置き換えたのではないか。鞍馬天狗の背後に、デュマ『三銃士』の剣客ダルタニャンの面影を思い浮かべずにはいられまい。

見ようによると、大佛は東大仏文科の科外生みたいな趣きがなくもない。法学部を卒業して外務省に入ったものの、スイスから取り寄せるスキラ版の豪華画集の代金支払いに窮し、小づかい稼ぎに『鬼面の老女』を書いた。ひそかなアルバイトがお堅い役所の上司にバレて、心ならずも作家に転身した。

象徴詩人マラルメの翻訳で知られる仏文科主任の鈴木信太郎教授に可愛がられ、しょっちゅう行き来した。語学上の疑問があると教えを仰ぎ、師礼を崩さぬのみか、いくらか甘えているような雰囲気さえ感じられた。信太郎先生には篆刻という特技があったので、ねだって名石に好きな句詩を彫りつけて貰い、座右の宝としていた。

仏文研究室にはごくたまに飛び切りの名士が客としておとずれる。行動派の作家アンドレ・マルローもその一人だ。中国革命を描いた『征服者』、スペイン内乱に材を得た『希望』などで名声を博していたが、ド・ゴール大統領の下で文化大臣をつとめた。日本に来るのはむろん公用だけれど、その実、たった一幅の絵が見たいためであることは誰もが知っていた。

京都の高雄の神護寺に秘蔵されている『平重盛像』。作者は鎌倉時代の初めに似絵《にせえ》（肖像画）の名手といわれた藤原隆信だ。歌人定家の兄に当たるが、この人に顔を描かせるとあまりに生き写しであるせいで、かえって嫌がられたとまで噂された。

神護寺には同じ画家による『源頼朝像』もあり、こちらは豪毅にして明朗。英雄そのものの面影を写して間然するところがない。しかしマルローの好みは、知性はあるものの「憂い顔」の重盛だった。ド・ゴールという文字どおりの英雄に日夜仕える立場からすると、デリケートでウツ病に憑かれたみたいな貴公子の方がピッタリ来たのかもしれない。

珍客を迎えて、鈴木教授はその接待がおのが手に余ると判断したのだろうか。一切を愛弟子たる流行作家に依頼された。

わたくしは大学院に籍を置いていた。指導教官である井上究一郎助教授がちょっと困ったように打ち明けた。プルースト『失われた時を求めて』の個人全訳を開始されたころで、わたくしも目に立たぬ程度にお手伝いさせていただいていた。

「大佛邸での接待の下準備を鈴木先生から仰せつかったよ。はたしてうまく務まるかどうか、不安でならない」

案ずるより産むが易く、当日の会食は一点非の打ちどころのないものだったらしい。鎌倉の風雅なお宅では、門をくぐると三和土《たたき》に水をなみなみとたたえた盥《たらい》が置かれ、みごとな端渓硯が中に沈められている。玄関を入ると、式台には舞踊の名花武原はんが出迎え、

「ようこそいらっしゃいました」

と手をつかえる。その案内に従って通れば、奥のひと間では、鈴木先生と並んで大佛夫妻が控えニコヤカにマルローと握手し、中央の座に坐らせるという段取りだ。ことわっておくと、大佛夫人は何もせず女主人役に徹する。酒席での働きは武原に任せる。

一方で武原は日本橋に料亭『はん居』をいとなんでおり、そこから派遣された板前が一切を取り仕切った。

大佛といえども饂飩屋でばかり飲んでいたわけではない。おまけに作家は「憂い顔」のハン

サムで、どこか『重盛』に似ていたので、さぞかし文化相の気に入ったことだろう。

鎌倉にも文士村が存在するのを初めて聞いたのは、はるかに年上の女性の口からである。わたくしは在日韓国人の子として伊勢で生まれたが、一歳の誕生日を迎える前に、日本人の老夫婦に預けられた。その家にはひと回り（十二歳）以上隔たった美しい娘さんがいて、わたくしを負んぶしたり抱っこしたりしてくれた。こちらも肉親と同様の感情を持ち、「姉さん」と呼んでいた。

姉さんは小説をよく読み、同時に映画が好きで、ゲーリー・クーパー、フレドリック・マーチのファンだった。日本映画はめったに見に行かないのに、あるとき珍しく、時代劇にお供させられた。

山中貞雄監督の『百萬両の壺』。エスプリとユーモアに溢れ、ハリウッド映画よりずっと面白かった。

隻眼隻手の剣士丹下左膳を容貌魁偉な大河内傳次郎が演じるが、わたくしの心をひきつけたのは主役ではない。宗春太郎という子役。プログラムで調べてみると、小学生だったわたくしとたまたま同じ年齢。親にも兄弟にもはぐれ、大きな伊賀焼の茶壺を抱え、独り江戸の巷をさまよう。ふところは無一文ながら、この壺には百万両の宝が眠る場所を示す地図が封じこめられており、大人の侍たちが必死に後を追う。春太郎扮するチョビ安少年は何も知らない。

わたくしが田舎の映画館でハラハラドキドキこれを見たころ、山中監督は中国大陸に召集され、あえなくも戦病死を遂げた直後だった。コメディーを鑑賞している最中なのに、姉さんの目尻から頬に涙の伝わるのを不思議に思った。ひょっとすると新聞記事によって、これが天才の遺作にほかならぬことを知り悲しんでいたのかもしれない。

家に帰ると、二、三冊の分厚い本をわたくしの前に積んだ。

「お前は小説が好きだから、これくらいなら読めるだろ。今日見た映画の原作ですよ。もし難しくて読めないと思ったら、楽に読めるところだけにすればいいわ」

背には『一人三人全集』と見慣れぬ字が印刷されている。取り敢えず、林不忘作『丹下左膳・こけ猿の巻』というのからページをはぐった。題名どおり、映画の中身と似たり寄ったりのストーリーだった。

ほかに牧逸馬作とされる『浴槽の花嫁』。金持ちの美女に生命保険を掛けた上で、風呂場で殺害する。子どもには刺激が強過ぎたものの、結末まで読了した。大人になってから思い返すと、フランスのオペラ『青ひげ』の焼き直しと取れなくもない。さらに想像を逞ましくすれば、チャップリンの映画『殺人狂時代』の主人公ヴェルドゥー氏を同じ系列に加えることもできよう。

ほかに谷譲次の名義で「めりけん・じゃっぷ物」として一括される日系アメリカ市民をヒーローとした作品群があったが、小学生の理解力を超えており、むなしく放棄せざるを得なかった。

数日すると、姉さんはわたくしの勉強部屋に来て、

「どう？　よくわかったでしょ。三つの小説は長谷川海太郎という一人の作家が書き分けてるのよ。たいへんな才能だと思わない？」

「この作者はどこに住んでるんですか？」

と、子どもが発した素朴な質問に、姉さんは眉を曇らせ、

「東京からちょっと離れた鎌倉ってとこ。だけど残念ながら、つい三年ほど前にお亡くなりになったわ。なにせ、一人で三人前の仕事をなすった過労のせいよ」

なんでも宏壮な邸には三つの書斎がある。それぞれに一つずつ机が備えられており、作家はそのあいだを自在に移動して、三つのペンネームで昼も夜も書きつづける。あるとき、奥さんが紅茶を盆にのせて運んで行ったら、原稿用紙の上にうつ伏せになって死んでいたそうだ。

この話を姉さんはどこで仕入れてきたのだろうか。ゴシップ雑誌か、文学少女仲間の噂か。そんなことを問いただす勇気もなく、わたくしはひどく怯えた。しかし、その一方、心の底から奇妙な憧れがゆらゆらと立ちのぼるのを抑えられなかった。

その折りの感情を長いあいだ忘れていたけれど、わたくしが自ら物を書きはじめたきっかけの一つになったことは間違いない。三十年以上経って、自ら鎌倉の土を踏む機会が増え、知人も多少はできた。あるとき、ふと思いだし、

「林不忘さんの旧宅は今も残ってますか」

と尋ねてみた。知人が案内してくれたところは、それまでしばしばピカソ、マティスなどを鑑賞しに行った県立近代美術館の正門の前だった。こぶくろ坂に通じる舗装道路をへだてて、一軒のしもた家があった。

「たしか、位置はここですよ。建て替えられて外観は変わってしまったが、まわりの雰囲気は昭和前半のままだ」

その言葉どおり、八幡宮の西につらなる銀杏や杉の鬱然たる森に包まれて、作家の住むのにはふさわしい薄暗い場所だ。隣に大工の仕事場があり、老いた職人が太い檜材に黙々と鉋《かんな》を当てていた。

伊勢出身の先輩作家に森三千代がいる。才色兼備を絵に描いたような佳人で、詩人金子光晴の妻女だった。

わたくしの高校時代からの文学仲間F君とH君が同郷のつてを頼りに、吉祥寺のお宅に出入りしていた。H君は詩を書き、のちにすぐれた金子の評伝を出版した。

いつも一緒にやって来るF君に、金子が声を掛けた。

「きみも詩人になりたいの?」

「いえ、ぼくは小説を書くつもりです」

すると、金子はニヤリと笑って、

「じゃ、こんなとこに来るのは互いに時間の無駄だ。紹介状を書いて上げるから、鎌倉の川端康成君の門を叩きなさい」

言下にサラサラと達筆の手紙をしたためてくれた。実をいうと、F君は奥さんの方に面会したかったのだが、三千代はずいぶん前から病に臥せっていた。とても文学青年の相手ができる状態にはなかったのである。

四、五日してF君はたったひとり、鎌倉の長谷に出かけた。名作『山の音』にそのまま舞台として通用しそうな山ふところに、閑寂な日本家屋があった。山の鳴る音が実際に聞こえたわけではないけれど、若者はこれまでの半生に経験したことのない緊張でカチンカチンになっていた。

庭に面した一室に通されると、川端が出てきた。金子からの手紙に目を通したあと、恐るおそる差し出した習作の原稿とひとつに重ねて、かたわらの机の上に置いた。そして金色に鈍く光る文鎮めいた物体で、風に飛ばぬよう丁寧に押さえた。よくよく見ると、それは高野山などで密教の儀式に用いられる五鈷杵《ごこしょ》であった。作りの精巧さからいって平安期にさかのぼるものらしい。

床には文人画めいた山水の幅が掛けられている。若いお手伝いさんがお茶を運んできた。前に置かれた蒸し菓子には見覚えがある。東京の本郷三丁目の老舗『藤むら』であきなっている黄身時雨《きみしぐれ》だ。もしかすると川端は酒より甘いものを好む体質で、しょっちゅう取り寄せては口にしているのだろうか。店は赤門に近く、東大国文科の学生のころから馴れ親しんでいるのかもしれない。

F君の胸に困惑が走った。菓子にはただ一本、神経質に削り尖らせた楊枝が添えられているきりだった。白餡に卵黄を混ぜ合わせて練り上げた菓子は形が崩れ易く、ポロポロこぼさずに食べる自信はない。とくべつ無器用な生まれつきではないにしろ、ズボンの膝が微塵粉《みじんこ》で汚れる醜態を考えると、ますます手が震えた。

川端は楊枝を上手に使い、たちまち菓子を食べ終えた。そしてF君が悪戦苦闘するさまを見つめている。別に意地悪そうにするのでもなく、冷静に眺めているだけなのだが、あの独特のギョロリとした瞳で凝視されるのだからたまったものではなかった。ほんのり卵のかおりの漂うおいしい和菓子なのに、ろくろく味わいは記憶に残っていない。

それでもようやく片が付き、お手伝いさんが下げにきたあと、二人きりの差し向かいとなる。川端は一言も発せず、F君にはすすんで話し掛ける勇気はない。ただ、大きな瞳から放たれる強い眼差しばかりは少しも変わらなかった。

一時間が過ぎたと思われるころ、たまりかねたF君は口をひらいた。

「そろそろ失礼しようと思いますが……」

すると、思いがけず、川端はやや慌てたように、

「いや、まだいいでしょう」

優しいというより、むしろ懇願するみたいな調子で答えた。眼からは鋭い光が消え、気弱そうな表情に一変している。ははあ、この人はほんとうは淋しがり屋なのだ――と若者は思った。

すぐ辞去する気持ちは薄れ、F君はさらに一時間対座をつづけた。先刻よりは目に見えぬ何かが変質したものの、会話が交わされぬ事態は元のままだ。陽が翳りかけた時分に、今度はもうちょっときっぱりと、別れの挨拶を口にのぼした。

「そうですか。また、いらっしゃい」

作家はかすかな笑みとともに言った。


B君は駒場の教養学部で二年間クラスが同じだった。大阪生まれの文学青年である。国文科に進んだが、『源氏物語』のテキストの校訂を専門とする池田亀鑑教授の指導を受けた。卒業後の志望を質問され、作家になりたいと答えると、

「じゃあ、鎌倉へいらっしゃい。小林秀雄君をたずねるといい。かれとは旧制の一高で一緒でした。よく頼んどいて上げるから……」

かくて否も応もなく、鶴岡八幡宮の背後の坂をのぼり、小林邸をおとなうこととなった。玄関の戸を開けると、奥さんが現われて困惑した顔で告げた。

「あなたのことは池田さんからのご連絡で存じております。主人は若いお方も大好きですから、喜んでお待ちしてました。だけど、数日前から蓄音器でモオツァルトのレコードを掛け、

擦り切れるまで何十遍も聞いてます。あげくは合いの手にウンウン唸り、七転八倒する始末で、あたくしも滅多に声を掛けられません」

言われてみれば、確かに正面の閉じられた襖の向こうで、何やら人の苦しげにうごめく気配が感じられるみたいだ。

文章を推敲するために、はたで見ていられぬほど苦悶する――という伝説を耳にした覚えがある。

「わかりました。いいものを書いてください。そしてお暇になったら、改めてご連絡をお願いします」

B君は急いで退散した。

「もう一度、ぜひ行ってみたいが、とてもそんな勇気はないよ」

帰ってくると、結果やいかに、と待ちかまえている文学仲間を前に、溜息まじりにそれだけを報告した。

だが、母校にやってくることも稀にある。午《ひる》さがり、仏文研究室で雑談していると、

「批評の神様が来てるぞ」

突然、誰かが低く叫ぶ。それを合図に、大学院生のわたくしや渋沢孝輔、篠田浩一郎などば

かりでなく、助手の清水徹まで含めて大慌てで走り出す。三階からの階段を一足飛びに降り、正門のまん前にある『白十字』へと向かう。今はもう廃業したが、パリ風のカフェで、二階はかなり広い。表通りを見下ろすガラス窓のそばに、円いテーブルを囲み四、五人がビールを飲んでいた。小林秀雄を中心に、すでに退職した辰野隆、授業を済ませたばかりの鈴木信太郎、渡辺一夫、中島健蔵が歓談している。さて、わたくしらはといえば、そこからできるだけ離れて、隅の目立たぬ場所に目白押しに並び、コーヒーを啜った。時おり眩しげに大人たちのほうを眺めはするものの、すぐ意気地なく目を伏せてしまう。……

しかし、神様といえども他の神様にご託宣を受けに行かねばならぬこともある。執筆に十二年を要した大著『本居宣長』に取りかかる前には、どこから手を付けたらいいか、迷った。そして、大森に住んでいた折口信夫の家をたずねた。帰途、折口はわざわざ駅まで送ってくれたが、

お別れしようとした時、不意に、「小林さん、本居さんはね、やはり源氏ですよ、では、さよなら」と言はれた。（小林秀雄『本居宣長』新潮社。以下同じ）

これ一つで小林の迷いが吹っ切れたわけではない。雑誌『新潮』からの連載を依頼されても、一向に手が附かずに過ごす日が長くつゞいた。或る朝、東京に出向く用事があって、鎌倉の駅で電車を待ちながら、うらゝかな晩秋の日和を見てゐると、ふと松阪に行きたくなり、大船で電車を降りると、そのまゝ大阪行の列車に乗つて了つた。

名古屋に一泊したあくる日、電車で松阪に行き、駅前でタクシーの運転手に山室山の宣長の墓を尋ねたが、わからなかった。かれは松阪の生まれだが、どうにも自慢にならぬ話なので、捜して一緒にお詣りしたい、と言って、五キロほどへだたったところへ乗せて行った。

宣長には墓が二つあって、一つは市内の菩提寺の境内に存在し、こちらは平凡な表向きのものだ。なにしろ当時は葬式仏教の力が強く、ひとまずこれを尊重しないと、子孫が地元で安穏に暮らせない。

わたくしは伊勢の生まれだが、少し時代をさかのぼると両墓制は周囲にありふれた風習だった。いやそれどころか家族のうちに重病人が出ると、まだ息を引取らぬうちに蒲団ごと墓場へ運んで行き、置いてくることさえあったそうだ。伊勢神宮への信仰が篤く、死穢《しえ》を極端に嫌うところから起こったのかもしれない。

松阪の人としてみればさほど変わったことでもないけれど、宣長の遺言書はそれにしてもユニークで、微に入り細をうがっている。山室山の石碑の寸法から、塚の上に植える美しい山桜のかたちまで、丁寧に絵入りで説明している。まさにこの墓こそ『玉かつま』や『古事記伝』にもまさる究極の作品ではないかと思える。

この遺言書を読み、さらに実地に奥津紀《おくつき》に至り拝礼することがどうしても必要だった。小林の迷いを吹き払い大著を書き始めるために、前もって受けねばならぬ第二のご託宣となった。

わたくしが初めて山室山へ行ったのは、小学六年生の遠足だ。鈴の屋の旧居で尨大な『古事記伝』の版木を眺め、本居神社にお参りしたあと、五十人の子どもたちが牧歌的な田園を通り抜けて歩いた。空には小鳥がさえずり、どうしたって唱歌をくちずさまずにはいられない。山に近づくにしたがい、海からは遠ざかるはずなのに、ここばかりは勝手が違う。坂を登るとともに伊勢湾の青い水平線はいよいよはっきりし、それのみか、対岸の知多半島や三河の山々までがゆっくり接近してくる。――あれ以後、大人になってからも含めて何度出かけたかわからないけれど、そうした不思議な印象は少しも変わらない。

神社にまつられているくらいだから、もちろん、偉い人とは認識していても、地元の者にとっては「本居さん」と気安く呼び掛け得る存在だった。というのも、同じ姓を持つ子孫が学校のクラスにいたり、市役所の窓口で仕事をしたりといった按配だからだ。本居は小津という大きな家系の支族で、本家の方からは映画監督の安二郎も出ている。宣長自身が本業は小児科の町医だったので、町の住民にとっては国学者としてより、そちらでお世話になった記憶が色濃く残っているのかもしれない。

『源氏物語』の神髄を「物のあはれ」と断定したのはあまりに有名だが、松阪の人間から見ると、少し違う。

「あはれ」は二つに分かれ、「あ」と「はれ」の合成だ。どちらも現在でも依然として使う間投詞にすぎない。強いて区別すれば「あ」は単なる叫び、「はれ」はのちに「あれ」に変化し驚きをも伝えるようになった。

『源氏』に対する宣長の註を小林が引用して、

> 人にかたりたりとて、我にも人にも、何の益もなく、心のうちに、こめたりとて、何の悪《あ》しきこともあるまじけれども、これはめづらしと思ひ、これはおそろしと思ひ、かなしと思ひ、おかしと思ひ、うれしと思ふ事は、心にばかり思ふては、やみがたき物にて、必ず人々

にかたり、きかせまほしき物なり

と述べ、さらに、

その心のうごくが、すなはち、物のあはれを知るといふ物なり、さればこの物語、物のあはれを知るよりほかなし

と言うに尽きよう。

大著の出版後、雑誌『新潮』(昭和五十二年十二月号)でおこなわれた対談において、江藤淳がじつに上手に要約している。

宣長は「古事記」を、稗田阿礼《ひえだのあれ》が物語るという形で、思い描いているのですね。「古事記」を読んでいる宣長の耳には、物語っている阿礼の声が現に聞えている。

同じように、宣長が「源氏物語」を愛読したというのは、実は、一人の古女房があらわれて、いずれの御時にか、といって物語りはじめる。(中略)それを宣長が繰り返して聞いた

ということですね。目で文字を見ているのですが、実は声を聞いている。

そう。まったく、そのとおり。開発に遅れたおかげで神話的な雰囲気の残る伊勢や松阪に育った人間には、古代のセンスが体のなかに埋めこまれているのかもしれない。わたくし自身をかえりみても、『古事記』の神代巻、『玉かつま』を中学一年生で読みとおした。べつに古語の知識がたっぷりあったわけではない。ただ、おおかた勘に頼って、面白半分に本を手に取ったというだけだ。

日本における近代批評は小林によって創始され、また完成されたという。そのことに間違いはなかろうが、とはいえ、「批評の神様」が書いたのはほんとうに批評だったのだろうか。宣長が聞いた阿礼や古女房の語りと同じように、ランボオやゴッホのなまの声だったのではなかろうか。

わたくしは若いころ寺田透先生の指導を受けて出発したが、かれは小林の隠れ弟子といったような存在だった。今日でも事情はあまり変わらないけれど、新人賞のたくさんある小説家志望とは違って、批評家としてデビューするチャンスははるかに少ない。寺田先生が大学を出た年には日中戦争が始まり、仕事のできる場所はいよいよ狭まりつつあった。そんな時局のなかでちょっとしたエッセイや翻訳の仕事が現われると、小林はお裾分けをしてくれた。もっとも、江戸っ子らしい照れ性だから、自ら連絡したりはせず、直弟子《じきでし》と呼んでいい中村光夫を通じて、

「きみも書いてみないか」

と誘いが来た。

そうした俗っぽいつながりにとどまらず、論理を一つずつ積み重ねてゆく寺田先生の批評が、小林という先達なしに成り立たなかっただろうことは言うまでもない。のちになって発表された『小林秀雄論』のなかで、ご自身でもその恩義をはっきり筆にのぼせている。

「だけど、あの名文句がいやだよ。あんなものに騙されちゃいけない」

しばしば、悲しそうにそうおっしゃった。

指摘されてみれば、なるほど、小林の批評には必ずといっていいほどサワリというか、読む者を陶酔させずにおかぬ名文句がある。たとえば『蘇我馬子の墓』でいえば、おしまいの部分で、

私は、バスを求めて、田舎道を歩いて行く。大和三山が美しい。それは、どの様な歴史の設計図をもってしても、要約の出来ぬ美しさの様に見える。（中略）山が美しいと思った時、

私は其処に健全な古代人を見附けただけだ。それだけである。(『小林秀雄全集』第八巻　新潮社)

と書かれたり、また『モオツァルト』では第二章の初めに、

もう二十年も昔の事を、どういふ風に思ひ出したらよいかわからないのであるが、僕の乱脈な放浪時代の或る冬の夜、大阪の道頓堀をうろついてゐた時、突然、このト短調シンフォニイの有名なテエマが頭の中で鳴つたのである。(中略)僕は、脳味噌に手術を受けた様に驚き、感動で慄へた。(前に同じ)

と書かれたりしている。寺田先生はそれらに対して拒絶反応を示した。

ああした名文句のおかげで、難解な小林の著作は多くの読者を呼びこむ。精緻な論理をたどり得ない普通の人びとも、あれだけに縋りついてファンとなってゆく。かくいうわたくしにしても、それに痺れて小林の魅力に取り憑かれたことを告白せねばなるまい。

あるとき、何かの会合に一緒に出た夜、エレベーターのなかで二人の批評家はたまたま余人

をまじえず乗り合わせてしまった。顔見知りであるにもかかわらず、挨拶の言葉を掛けることもなく、気まずいままの数分間を過ごした。

わたくしはそのいきさつを寺田先生の口からうかがったが、文章にもどこかでお書きになったらしい。それを読んだ粟津則雄、出口裕弘のお二人は、こんな感想を漏らされた。

「あれじゃ、小林さんがあんまり可哀そうだよ」

まったくそのとおりだが、礼儀知らずで押し通した寺田先生もやはり可哀そうにちがいないと思う。批評を仕事として生きるとは、何とも悲しいことではないか。

小林は井伏鱒二には梃摺《てこず》ったようだ。——あいつはココココと鳴きながらのんびり餌をついばんでいるので蹴っ飛ばしてやろうとすると、パッと飛びのいて、四、五歩離れたところで何ごともなかったみたいに相変わらず餌をあさっている。……そんな嘆きをたびたび口にした。「考える」ためには、どうしても対象を静止させなければならない。ほとんど「直観」だけに頼って作品を書く井伏は苦手だった。

もう一つ付け加えればアンリ・ベルグソンだ。東大哲学科には奇妙なジンクスがあって、卒業論文に取り上げると、きわめて易しそうに見えながら、きまって落第してしまうといわれる。ドイツ観念論とは違い、「直観」を武器としているために捉えどころがないからだろう。案の定、小林も躓《つまず》き、『感想』は厖大な時を費した苦闘の末に未完に終わった。ただし、著者が死後に至るまで単行本にするのを許可しなかったにもかかわらず、他のどの作品にもまさって最高の出来ばえを達成しているのではなかろうか。

小林の名文句は、「直観」と「考える」こととのズレを埋めるのに、ぜひとも必要な手続きだったと思われる。

小林は「すべて」あるいは「全体」について語ることはない。それは批評家としてデビューしたときから終生変わらなかった。大正末期より昭和初期にかけては、まさしく「すべて」を説明し尽くす「大きな物語」の跋扈《ばっこ》する季節であった。処女作『様々なる意匠』は宮本顕治の『敗北の文学』と雑誌『改造』の新人賞を争い、二位に甘んじねばならなかった。小林が同人制による『文學界』を立ち上げたのは、あまりにも強力なマルクス主義から避難するためだった。

それればかりではない。逆の側からは国粋主義が迫りつつあった。保田與重郎との個人的な親交はよく知られているが、日本浪漫派とはかなり距離を保ちつづけた。『事変の新しさ』を書いたり中国に旅行したりしているのを、そのまま戦争への肯定と取ってはなるまい。たとえば反体制の知識人でも原稿を書けば納税を免れないのと同じように、国民の一人としての義務を果たすつもりでおこなったにすぎない。戦火がアメリカとのあいだまで燃えひろがると、『無常といふ事』で西行や源実朝を論じつつ苦しい日々を過ごした。

小町通りに『ひろみ』という天ぷらの旨い店がある。かつてはひと筋裏手の目に立ちにくい露地に面していたために、もっと静かで、鎌倉文士たちに愛される溜り場となっていた。そこで小林は好んで天丼を食べたが、いつも「特注」でネタに偏りがひどかった。主役というべき海老はなく、野菜もなければメゴチもない。その代わり、大きな穴子が二枚、丼からはみ出しそうに入っている。腕自慢の職人が揚げた穴子は、油の切れがいいので、木の枝をへし折ったみたいにカリッとした舌ざわり。まともに食べればそれだけで腹が一杯になりかねないそいつで酒を飲み、満足げに目を細めていたそうだ。

同じ店には映画監督の小津安二郎もしょっちゅう顔を見せ、こちらはキス、イカをはじめ全部のネタを満遍なしに平らげた。小林は天丼ひとつ取っても、「すべて」には関心がない。そもそも「すべて」など存在するのだろうか。いや、もしかすると存在するかもしれないけれど、自分にはわからない。……そう呟きつつ、盃を傾けていたのではなかろうか。

小林の穴子好きは堂に入っている。昭和の初頭、詩人の中原中也とのあいだで長谷川泰子というファム・ファタール（宿命の女）を争い、遂に奪って同棲生活を始めたころから変わらなかった。これはあまりにも有名なエピソードだが、そんな若い懊悩の一日、浅草をそぞろ歩いているうちにフト思いつき、吾妻橋ぎわからポンポン蒸気に乗り、泰子を訪ねた。隅田川をボートに揺られて行く和服のふところには、穴子鮨の包みがだいじそうに抱かれていたという。つくらせたのは今も馬道で繁昌している『弁天山美家古《みやこ》寿司』だ。ここには白身の鮃《ひらめ》やヅケ丼（鮪の醬油づけの鉄火丼）をはじめ、凝った旨いネタが数え切れぬほどあるのに、なんと、携えたのは穴子だけであった。

恋人は果たして喜んで食べてくれたか。ここからはわたくしの想像にとどまるけれど、たぶんニベもなく拒まれたにちがいない。江戸っ子である小林は、穴子といえば甘くて辛い煮穴子の握りと相場がきまっている。多摩川の河口から羽田沖にかけて真水と塩水の適度にまじるところで獲れた穴子は煮詰められ、かおりのいいツメとなる。この煮汁は珍重され、銀座や浅草の店では蛤《はまぐり》、シャコなどの握りにも好んで利用される。

一方、神戸から西へ目を転じると、穴子といえば一にも二にも焼いたもの。ほんのり焦げ目の付いた穴子が酢飯と合い、高砂あたりにはその押し鮨を売りものにする名店も多い。山口県生まれの泰子は当然ながら焼穴子に舌が馴染んでおり、せっかくの土産も効果はいま一つだったと惜しまれる。

小町通りには『大繁』という鮨屋がある。ここも小林の行きつけの店で、ゴルフ帰りなどにたびたび立ち寄った。やはりお気に入りは穴子、ほかにしんこと呼ばれるコノシロの子、トロの鉄火巻を肴に盃を重ねたそうだ。独特の散らし鮨が名物となっており、季節に応じてネタは異なるけれど、目の前の相模湾で網に掛かったばかりの小魚をまとめて味わうのにこれにまさるものはあるまい。ある日、小林は大岡昇平と二人きりで来た。カウンターに並んで席を取るや否や、

「このあいだ雑誌に発表したお前の小説は、ありゃ何だ！」

と叱りつけた。店主が思わず包丁を止めるほどの凄まじさだった。

大岡は散らし鮨を黙々と食べながら、声もなくポタポタ涙をこぼした。せっかくの好物が塩辛くなり過ぎるのではないか、と危ぶまれた。

批評家は八十歳、弟子格の作家にしても七十歳をとっくに越している。小林が東大仏文科を卒業して、旧制成城高の生徒だった大岡のフランス語家庭教師となったころから少しも変わらぬ厳しさだった。

飲んだ上での小林の「絡み」は伝説化されている。大岡がわざわざ都落ちして京大仏文科に進学したのは、まさしくそれから一時的にも退避する目的があったのではなかろうか。

しかし、小林の「絡み」はけっして無差別ではなく、よくよく相手を選んでいる。地方出身者には常に礼儀正しく接し、自分と同じ東京生まれに対してだけ、情け容赦なく雷を落とすのである。たとえば新潟から来た坂口安吾などに同じようにやれば、たちまち殴り合いになったのではないか。

小林に限らず、「絡み」は一種の江戸文化だった。親しみと照れの交錯した複雑な友情を裏返しに表現する、都会的なパフォーマンスにほかならない。

一方では、こうした受難を巧妙にのがれる手段も発達しており、高橋義孝などは達人の域に達していた。トーマス・マン、カフカの名訳で知られる高橋は典型的な江戸っ子だから、飲み屋で小林に取っ捕まったがさいご、

「何がドイツ文学でぇ。何が九州大学教授でぇ」

と罵声を浴びせられるにきまっている。したがって、そういう場所には用心して近づかず、とはいえ横綱審議委員である顔をうまく利用して、国技館のマス席に時折り招待する。焼鳥の串をかじりつつ盃を傾けながら談笑し、友情を確かめ合う。さすがの小林も土俵上の好取組に心を奪われて咬みつく余裕はなく、上機嫌でお開きとなる。

『大繁』で鮨を引き立てる酒は遠く岐阜の田舎から取り寄せている。ここの常連の一人、私

小説を書かせたら余人の追随を許さぬ永井龍男が、旅行の途次、ゆくりなくも発見した芳醇な一品だそうだ。

わたくしが永井龍男に初めて会ったのは、ホテル・オークラの大ホールでのことだ。新潮社主催の文学賞を披露する会場。おぼつかない技術で書いた幻想的な短編が運よく新人賞にえらばれ、やっとこさ文壇の隅っこに座を与えられた夜だった。美術賞を受ける画家も加えて四、五人が横一列に椅子に掛け、いちばん端に緊張で身をこわばらせていた。来会者は数百人。新聞や雑誌のカメラマンがすぐ傍に近寄り、遠慮会釈もなくフラッシュを焚く。いやはや、恥ずかしいやら眩しいやら、何とも言いようがない。

「ああ、いやですね。かないませんね。でも、これも百万円のうちだからしようがない」

つい隣の椅子で、押し殺した声がひびいた。この上なく低いが、明らかにわたくしに語り掛けている。恐るおそる首を廻してうかがうと、品のいい中老の紳士が顔はまっすぐ正面を向けたまま、半ば独り言ともつかず唇をうごかしているではないか。川端康成賞を得た永井龍男だった。

わたくしは思わず、自分の置かれた立場を忘れてかすかに笑ってしまった。現在とは物価の差があるけれど、新人賞で授けられたのは三十万円にすぎない。私小説を書かせたら長老格の永井が獲得した百万円とは、段違いなのだ。

その年度のもっともすぐれた短編に与えられる川端賞にふさわしいというより、むしろ明治以後に日本語で綴られた文章のなかで、永井の『秋』を凌駕する作品など一つもあるまい、との感動をおさえることができなかった。したがって、仰ぎ見るごとき名品の作者と肩を並べて坐しているところからも、若僧の緊張は来ていた。

三十枚にも満たぬ短さ。内容も取り立てて言うほどのものなく、雪の下に住む作家がただひとり、北鎌倉の山あいにある明月院の庭に面した縁を借りて、中秋の月見をたのしむ叙述だけだ。あたりには僧侶の気配もなく、降り注ぐ月光のみを友とした静寂の境地。しかし、わざとらしい比喩や形容詞を排除したあの文体の彫琢は、人間業《わざ》とも思えない。

『新潮』の編集長坂本忠雄さんは原稿を読み終えるなり、

「作者はたぶん、このあと何も書けないでしょう」

溜息とともに、そう呟いた。

幸いにもわたくしにはそれからも二、三度、顔を合わせ言葉を交わす機会があった。場所はいつも三宅坂の国立劇場。永井は人も知る江戸っ子の歌舞伎ファンで、ほとんど月ごとに観劇におとずれたからである。粋に上品に和服を着こなした夫人が一緒。作品のなかでお馴染みなので、こちらは初対面の気がしない。

ロビーの長椅子に陣どり、夫妻は仲よくお稲荷さんを召し上がる。このときは岐阜産の銘酒は口にされない。

酢と塩のみで味つけした細長い稲荷鮨には見おぼえがある。北鎌倉駅の改札口を出たすぐ脇にある『光泉』のものだ。ほかにはカッパ巻しかなく、定連のファンでアッという間に売り切れる。わたくしも東慶寺の小林秀雄の墓にお参りするたびに、買い求めるのを楽しみにしている。

三　甘い豆と苦い豆腐

同じ名前の西洋人の友だちを二人持っている。不思議な偶然というべきか、顔は見分けがつかぬくらいそっくりだ。かれらの属する人種のなかでも目立つほどに背が高く、手も足もひょろひょろと長い。どちらも負けず劣らず頭がよく、エリートと呼べるだろう。これで性質が邪悪であればポオの『ウィリアム・ウィルソン』、スティーヴンソンの『ジキル博士とハイド氏』の仲間ということになるが、どっこい、底抜けの善人ぞろいだ。おまけに、わたくしにとってかけがえのない親友なのに、お互いにはその存在を知らない。

一人はベルナール・フランク。生粋《きっすい》のパリジャン。年齢はわたくしより十歳ばかり兄貴分といったところ。

初めて会ったとき、こちらは大学院生。先方は三十そこそこで来日し、日本人に対してフランス文学教師として授業を始めたばかりであった。

それまで就いていた先生がかなりの老人で、謹厳を絵に描いたみたいな方だったことも手伝って、われわれ学生は何となく親しみを覚えた。

ベルナールは最初にいかなる教材をえらぶべきかさんざん迷ったらしく、教壇の上から、

「何がいいかね。たとえばバルザックなんかどうだろうか？」

と語りかけた。当てどなくさまよう眼差しが、たまたま二、三列目の机に肘を突いていたわたくしを捉えて質問したような按配になった。こちらも咄嗟に慌て、

「バルザックの『人間喜劇』なら全部読みました。むろん、原文でです」

と答えた。

意外な反応に、ベルナールはちょっと怯んで白皙《はくせき》の頬を赤らめると、

「実のところ、ぼくはまだ通読していない。恥ずかしいよ」

と呟いた。

こう書くと、さもわたくしが勉強家みたいだけれど、けっしてそうではない。前年の夏、卒論を準備するために信州の戸隠山の山伏宿の一室を借り、東京から持ちこんだコナール版の全集をとにもかくにも読破したというにすぎない。その犠牲といってはおかしいが、一年ばかり、他の本は一冊も手に取る暇がなかった。そうした経緯をこまかく説明すればいいのに、わたく

しの拙い会話力ではどうも思うに任せない。

結局、教材はルソーの『告白』ときまった。わたくしの学識がひょんなことで買いかぶられたのか、それを機会に教師のベルナールとときどき言葉を交わすようになった。

授業が終わると、教師を囲んで四、五人で昼飯を食べに行った。赤門前の喫茶店『ルオー』。ここは以前よりやや北へ移動したが、現在もやはり学生たちで繁昌している。

名物はセイロン風のカレー・ライス。牛肉も馬鈴薯も共にどでかいのが一個ずつ。ドゥミ・カップ（半杯）のコーヒーと、口なおしのクッキーがサービスに付いている。もっとも、滅法辛いので、これだけではとても保たず、ボリュームも甘味もたっぷりの自家製アイスクリームを注文せざるを得ない。ただし、これはむろん別勘定。

昭和三十年代も今日と変わりなく、日本の若者の好む食事は和風というより、ラーメンとカレーに偏っていた。

ベルナールは教え子たちにまじってカレー（フランス風にいえばキュリー）に舌鼓を打ち、あれこれ雑談した。

わたくしはこの際と思い、アジアに来たのは初めてだというかれに、

「第一印象として日本についてどう考えられますか?」

と尋ねた。

ベルナールはニッコリ笑い、たった一言、

「セ・ウェット」

と答えた。ウェットだね。……フランス語と英語をチャンポンにした、簡にして要を得た感想である。

それからというもの、教師と弟子との身分差が急速に崩れ、何でも遠慮なくポンポン言い合えるようになった。

大学院生の二、三人と一緒にご自宅へ招かれた。御茶ノ水駅から歩いて四、五分のアパルトマン。神田川というより江戸風に茗渓《めいけい》と呼びたいような深い谷がポルト・フネートル（窓とドアを兼用）から眺め下ろせる、エレガントなお住まい。意外や、すでに奥さんがいらっしゃって、にこやかにご挨拶なさった。油絵を描くという、小股の切れ上がった大和撫子。

ワインが出る。つまみはカナペで、バゲット・パンの上に、チーズ、ハム、ソーセージ、小海老、サージンなどが手ぎわよく載っかり、新妻の料理の腕も相当なものとお見受けした。

夏休みには帰国され、九月の新学期に再会したときにはブロンゼ（日焼け）して、逞しい風貌に変わっていた。

それを指摘すると、やや真剣な面持ちで、

「いや、ひょっとして、ぼくは中身まで変わってしまったのかもしれない」

とおっしゃる。パリ郊外のヌイーにある家で、老いたお母さんにお目にかかるや否や、

「おまえ、どうしてそんなにコックリ、コックリうなずくの？　あたしが一言喋るたびに、まるで人形みたいに首を前後に振るの？」

と不思議がられたそうだ。

そういえば、日本人同士で会話する場合、たとえ相手の発言の内容に対して内心では反対であっても、ゆっくりうなずきつつ応対するのが習慣である。そして、頃合いを見はからい、

「なるほど、そのとおりですね。あなたのおっしゃることはもっともだ」

と、一旦は肯定的に受けておいてから、

「しかし、こういう考え方もあるんじゃないでしょうか」

と徐《おもむ》ろに——遠慮勝ちに反論を展開しにかかる。そういう癖に染まったのではないか。美しい新妻か、あるいはわたくしたちが責任の一端を負わねばならないかとも思える。

ベルナールが来日した目的は、仏教文学を勉強するためだとおっしゃる。関西で生まれて育ち、奈良や京都は我が領域と考えているわたくしとはよく話が合った。

たった一つ、秘めたる望みがあると打ち明けられた。フランスのペール・ラシェーズやモンパルナスではなく、高野山に自分の墓を買いたい、と真顔で言う。

大阪をはじめ西日本では、肉親が亡くなると、近くの菩提寺に葬るとともに、分骨して第二の墓所を高野山につくる。奥の院に通じる参道の両側には、無数の墓石が林立し、おそらく世界最大の規模だろう。親鸞、豊臣秀吉から代々の市川団十郎に至るまで、日本歴史のオールスター・キャストといっていい。しかし、伝え聞くところによると地所の購入費はなま易しくないそうだ。その金はどうするのか。当てはあるのか。心配の余り質問すると、

「もちろん、今はありません。これからボツボツ貯めます」

と、自信ありげな答えが返ってきた。

二人きりで鮨屋にかよった。貯金しなければいけないから、もちろん、高い店は避けた。築地の場外市場で『喜楽ずし』というのがよく賑わっている。銀座からたった十分歩くだけなのに、値段は三分の一。おまけに玄人筋の客が多いおかげか、魚は新しくて質はいい。ロイ・ジェームスなどテレビでしょっちゅう見かけるタレントが出入りするので、ベルナールにも好奇の視線が注がれることはない。

コングル（穴子）、トン（鮪）、プルプ（蛸）、何でも片っぱしから平らげた。ただし、ドラー

ド（鯛）は財布が許さないために敬遠する。

「ここがマルセーユなら、マクロー（鯖）の方が高いのに」

独り言めいてブツブツこぼすのを、わざと聞こえぬ振りをした。店を出しなに、

「日本の食べ物をどう思う？」

と質問すると、

「何でも大好きだ。でも、甘い豆だけは嫌いです」

即座に答えた。

え、甘い豆？ ……それって何だろう。甘納豆か。だけど、あれは菓子。日本人でも好き嫌いの二つに分れる納豆か。鮨屋からの帰途に話題にのぼるにはふさわしくない上に、そもそも甘くない。

さまざま考えているうちに突っこんで訊く機会を逸した。それから長い歳月を経た今もなお、とうとう確かめずじまい。『喜楽ずし』もいつの間にやら消え、あの安さ、あの魚の生きのよさはどこでも二度と味わえない。

一度だけ、好奇心に駆られて訊いてみたことがある。

「あなたと同じ程度に日本語が喋れ、日本文化をも理解してる人間はフランスに他に何人く

らいいますか?」

ベルナールは秀でた眉を曇らせて、しばらく考えたあげく、

「まあ六、七人でしょうね」

と、悲しげに言った。
二、三年ののち、後ろ髪を引かれる感じで日本を去った。それからの活躍については詳《つまび》らかにしないが、動静は跡切れとぎれに伝わってきた。名門コレージュ・ド・フランスの教授に就任したそうだ。
担当はもちろんジャポノロジー(日本研究)である。仏教のなかでも空海の真言密教に的をしぼり、着々と成果を上げているという。

京都の東寺には九世紀の初めに唐からもたらされた仏像の一群がある。もしかすると中国の影響の下に日本人の手によって刻まれたものかもしれないけれど、もはや西安の古刹にすら残されていない東アジアの至宝だ。

東寺の講堂では、神秘的でおどろおどろしい五大明王をはじめとする彫刻が千二百年の時を超えて、お参りに行ったわれわれを高い壇上から睨みつけていらっしゃる。誰かが巧みに形容したとおり、普通なら絵画のかたちで描かれるマンダラを立体的に表現した、稀有の芸術にち

がいあるまい。

宇宙の中心である、慈悲のシンボル大日如来。でも、その仏を取り囲む大威徳、降三世《ごうざんぜ》らの明王は、どれもこれも髪の毛は逆立ち、まなじりを決し、不揃いな乱杭歯をむき出しにして怒り猛《たけ》っている。どこに静かな「悟り」があるのか。ふつうの意味での「美しさ」とは正反対のむくつけき「醜さ」そのものではないのか。

ヨーロッパ的な二分法とはまったく異なる、アジアの不思議さがここには結晶している。これらの彫像を通じて、空海が声高に叫んでいるのを、ベルナールはまざまざと聞いた。煩悩と悟りはもともと一つである。また、美と醜悪もけっして対立するものではない。根っこを辿れば一つにすぎない、と。

コレージュ・ド・フランスはあたり前の学校ではない。講義の内容は大学以上のレベルを維持しつつ、しかも通常の入学試験はおこなわず、街の八百屋のおかみさんでも聴講を許される。ルネサンスの名君主とうたわれたフランソワ一世が創始し、たとえば『若きパルク』『ドガ、ダンス、デッサン』で知られた詩人ポール・ヴァレリーも教授をつとめた。近くはポストモダンの思想家ロラン・バルトが授業を受け持っていたが、学校からの帰途、街なかを無謀なスピードで走るクリーニング屋の車にはねられて死んだのは、なお記憶に生なましい。

ベルナールのテーマは、とりわけ構造主義の提唱者クロード・レヴィ・ストロースの関心をそそった。日本仏教についての著書に序文を寄せ、ヨーロッパ人にとって盲点というべき研究にいっそう専念するよう、温かい励ましの言葉をおくった。

ベルナールがお忍びでしばしば京都をおとずれているらしいという噂が流れた。現に、かつての教え子の誰それが偶然出くわした、とまことしやかに伝えられた。しかも、研究に没頭する余り、当人はかなり痩せ衰え、昔の面影はないという。

作家としてどうやら世間に認められだしたわたくしは、祇園を舞台にした長編を書くために色街のまん中に長く滞在していた。旧師の現状を心配しながらも、もしかすると出会えるかもしれないとの期待で心がときめいた。

世のなかには奇妙な縁というものが確かに存在する。行きつけのお茶屋で舞妓《まいこ》を相手にしたたか飲んだ末、生酔いの咽喉を潤おそうと、四条河原町の交叉点に近い立ち食いのスナックで、コーンに山盛りのソフトアイスを舐めていた。むろん、綺麗どころとは右と左に別れたあとなのでただひとり、行儀も気取りもあらばこそ、みっともない姿。ところがすぐ隣にやはり突っ立ったまま、こちらと同じしどけない恰好で冷菓をペロペロとやらかしている初老の男がいるではないか。わたくしとてけっして体の小さい方でないけれど、背丈は肩から上だけ高く、しかも全身からチーズの匂いが発散する。西洋人にちがいない。遠慮がちに横目で窺うと、心臓が危うく止まりそうになった。歳月とともに皺を深く刻み、金髪が銀まじりに変わったにもかかわらず、忘れられようはずもない。咄嗟に、拙いフランス語がつっかえつっかえ口をついて出た。

「間違ってたらご免なさい。ベルナール先生ではございませんか。覚えてらっしゃいますか。二十年――いや三十年ほど前に東京で、あなたの学生だった男です」

ベルナールは静かにこちらに眼差しを注いだ。しかし、たいして驚いている風でもない。むしろニンマリとした微笑を含んでいるところより見れば、少し前から先に気づいていたとも取れる。わたくしが声を掛けるまで無言で待ちながらゆっくり観察していたとすれば、若いころから変わらぬ沈着な人となりにふさわしい。

「ムッシュー・ミヤモト。記憶してないはずがないではありませんか」

その一言によって、たちまち以前の関係に立ち戻ることができた。挨拶も何も省略し、わたくしは単刀直入にいちばん訊いてみたいことを質問した。

「で、先生は狙いどおり、はっきり摑めましたか？　煩悩と悟りは日本人にとって結局は一つのものだ、ということを……」

なるべく言葉を節約するのが昔からのわれわれ二人の習慣だ。これだけのことを口にすれば、かれのテーマがどこにあるのかをわたくしが熟知しているのみならず、学界誌に折りおり発表された論文にもかなり忠実に目を通してきた事実をも、旧師には充分伝えることができたに違いない。

ベルナールは秀でた眉を曇らせ、白皙《はくせき》の頬に紅葉を散らせた。

「そう尋ねられれば、まことに恥ずかしい。初めの見込みでは、もっと簡単に摑めるはずだったよ。ところが意識を集中して実感しようとすると、スルリと逃げられてしまうのです。まるで桂文楽の落語のなかで、素人上がりの俄か料理人が生きた鰻を捕らえようとしても、グッと握ろうとした瞬間、スルリと手のなかから抜け出られる——あんな失望感を何度味わわされたことか」

そういえば、二人がうら若い雁首を揃え、不忍池《しのばずのいけ》のほとりの老舗で蒲焼の中串を頬張ったあげく、寄席の鈴本に入り、まだ健在だった黒門町の師匠の名演をたっぷり聞いたことを思いだす。たしか秋たけなわで、上野の山は楓の紅と黄に染まっていた。いや、パリジャンのベルナールにとっては、頰を染めるのはブーローニュの森のフイユ・モルト（枯葉）に喩える方がしっくり来るというべきか。

わたくしは少々慌て、その場の思いつきで質問の鋒先《ほこさき》を変えた。じつをいうと、それもまた本心より知りたいことであったけれど、タイミングとしては不自然と映ったかもしれない。

「いま現在、フランスにおいて、先生と同じ程度に日本語が喋れ、この国の文化をも理解してるあなたの同胞は、いったい何人くらいいるでしょうか？」

ベルナールの瞳がやや生色を取り戻した。

「それなら多少の自信がある。そういえばはるかな昔、あなたから同じ質問を受けた覚えがあるね。現在ではうんと増えて、三、四千人は下らないでしょう」

自信ありげな口調からすると、そのなかの千人くらいは多年にわたるかれ自らの骨折りによることは明らかだった。

「でも、ぼくは正直のところ、疲れきっています。いまさら弱音は吐きたくないけれど、しょせん東は東、西は西、ということか」

二人とも後につづく言葉が見つからず、しばらくソフトアイスを舐めつづけたが、舌が麻痺したみたいで、どうにも甘さが感じられなかった。

「もちろん、金は貯まらず、高野山に墓地の買えそうな見込みもありません。そこで、ちょっと狡いけど、弘法大師から離れて、頭を休ませることにしました」

よくよく追い詰められた果ての方向転換だったのだろう、ベルナールの声音はそれまで聞いたこともない、この上なくキッパリした響きを帯びた。わたくしはもはや余計な合いの手を入れず、素直に耳を傾けるほかなかった。

「——といっても、日本からも仏教からもサヨナラするつもりはありません。空海より更に遡って、聖徳太子に取っ憑かれてしまったのです。さっきも打ち明けたとおり、京都を素通りして、奈良県の斑鳩《いかるが》の里、法隆寺にお百度を踏む羽目になりました」

それからあと旧師の話しだしたことはまことに奇怪で、古都とはいえ買い物客や酔っぱらいで雑踏する盛り場のただなかで交わされた話題とはとても信じられないくらいだった。

「あなたがた日本人がしばしば口にする、月下氷人とか、提灯持ちとかいう役割がありますね。結びつきそうでなかなか結びつかない男女の仲を、他人が親切心から、あるいはお節介にも取り持って夫婦の縁を固めさせることのようですが、実はぼくもここ二、三年は同じ骨折りをして来ました。それだけなら何の不思議もありませんが、ただひとつ、自慢にしていいことがあります。……というのが結びつけたのが人間ではなく、どちらも古き世の仏さま同士なのです」

そこでちょっと言葉を切ると、驚いている教え子の反応を楽しむかのように、片目をつむりウィンクして見せた。

「――きっかけというのはまったくの偶然です。パリに東洋美術の豊富なコレクションを持つ、ギメというミュゼがあるのはご存じですね。一九八九年でしたか、ぼくはそこの館長に頼まれて収蔵庫にもぐり込み、かなり長い日数をかけて調査をしました。ギメは現在では国立の組織になってますけれども、元来は個人の収集品から出発しています。熱心な宗教史研究者だったエミール・ギメが、日本流にいえば明治九（一八七六）年、中国・インドをはじめアジアを端から端まで苦難に満ちた旅をして買い集めた作品から始まりました。でも、中には正体不明で、どの部類に入れていいかわからず、薄暗い収蔵庫の片隅で埃をかぶったままになってるものもけっして少なくはありません。ジャリッジュ館長はそのことを憂えられ、ぼくのほか数人に特別の許可を与え、めったに人を踏み込ませたためしのない場所にわざわざ閉じこもらせ再考させたというわけです……」

話の面白さに興奮したせいか酒の酔いはすっかり醒めてしまった。わたくしはカウンターに近寄り、ベルナールとの二人分、同じ氷菓のお代わりを買い求めると、もとの窓ぎわに戻った。

「最初の数日は、これという発見もありませんでした。空調が完備してるとはいえ、作品を保護するために照明を落とした環境での仕事だから、すっかり視力が衰えてしまいました」

その折りの苛酷な体験を思いだすのか、青みを帯びた瞳をシバシバとまたたきながら、ベルナールはつづけた。

「――一週間ほどしたある日、ぼくは何者かから耳もとで囁きかけられたような気がしました。その日に限って同僚の研究者はおらず、辺りに人影はありません。ただ、真向かいにさほど大きくない仏像がひとつだけ置かれており、その視線がまっすぐこちらに注がれている印象を受けました。鍍金《ときん》がわずかに残り薄闇のなかにもかかわらず底光りしているところより見ると、ブロンズでしょうか。左の手をダラリと下げ、右手は肘のところで曲げ印を結んでいる形からほぼ見当が付きますが、それより何より、額に宝瓶《ほうへい》をいただいているので勢至菩薩であろうと推定できました。といっても高さはせいぜい六十センチか七十センチ、子どもみたいな可愛らしさです。囁きはどうやらその幼気《いたいけ》な唇から漏れてくるらしく、そういえば一人前の大人のものとも思えません。何だかほほえましい気分に誘われ、ぼくは釣られて笑いだしそうになりましたけれど、次の瞬間、ゾッとして背筋に冷や汗をかきました。部屋の外へ逃げだしかけたものの、そうしなかったのは辛うじて踏みとどまる理性と、この奇妙な出来事を他の同僚に話せば嘲笑されるにちがいないとの反省が心のなかに頭をもたげたからです」

そこで意味ありげに言葉を切り、氷菓で渇いた咽喉を湿らせたあとでベルナールはつづけた。

「もはや他の仏像に関心を持つ余裕はなく、それでもできるだけ気持ちを落ち着け平常心を取り戻すよう時間を費したあとで、室外に出ました。その足で廊下を小走りに歩き、館長室のドアに向かいノックしたのは、止みがたく高まりつつある好奇心を何としても抑えられなかったからです。幸い、ジャリッジュ氏は在室し、大きな事務机の向こうで、頬を赤く染め暖房のせいでもない汗で額をしとどに濡らしつつ入ってきたぼくを訝《いぶか》しげに見つめました。

収蔵庫で見てきたばかりの体験を話しますと、年上の館長はニヤリと表情をゆるめました。でも、こちらの言い分を馬鹿にする気色はなく、

『ああ、あのちっぽけな仏像ですね。あれはたぶん中国製でしょうが、確たる出所がわからないままに今まで展示されたことはありません。不遇の運を嘆いていらっしゃるわけでもないでしょうが、どこか悲しげで、わたしも見るたび胸が騒ぎます。今回の調査は、ああした来歴不明品をたとえひとつでも明るい場所にひっぱり出したいということも目的のうちに含まれているのは言うまでもありません。あなたのご努力で成果が上がるなら、館としては費用もできる限り援助するつもりです。どうか何なりとおっしゃってください』

そう言ってくれました。とはいえ、ぼくにも疑問が生じたのみで、これという目星が付いたのではありませんから、そこでスゴスゴ引き下がるしかなかった。ただ、どうやら中国製とい

うより日本の作風に近い、それも勢至菩薩だとほぼ断定してよかろう……。まだあやふやな二つのことだけ報告すると、館長室をあとにしました。

それからというもの、一度きり目にしたギメの小像がしょっちゅう気にかかりながら、他にも仕事を抱えているので、しばらく忘れるともなく忘れてました。それにしても日本へ来る回数、しかも京都より奈良まで足を延ばす機会が増えたのは、ぼくのなかで無意識のうちに或る種の直感がはたらきつつあったのかもしれませんね。なぜか東大寺や興福寺で賑わう市街地ではなしに、周囲になお田園の広がる斑鳩の田舎町へ。法隆寺にはこれまで再々おとずれていますが、ただひとつ違うのは、止利《とり》仏師の刻んだ釈迦三尊をまつる金堂ではなく、境内のはずれに散らばる小さな建物を拝んで回るやり方でした。名だたる伽藍だけあって、これがまたびっくりするくらい数多く、とても一日や二日で見切れるものではありません。

我ながら目的がはっきりしないのですから、大学や美術館に経費を請求することもできません。でも、頻度が異常に増したおかげで、坊さんたちとはすっかり顔馴染みになりました。わけても長老の高田良信先生の知遇を得たことは、何にも替えがたい好運でした。

何を探しつつあるのかあやふやなままに探しあぐね、ぼくは周辺をうろつくことを諦めて、ふたたび中心の金堂へと戻りました。ここはむろん参拝のたびに必ず掌を合わせていますが、考えてみればご本尊のおわす中の間のみに注意が引かれ、照明の薄暗い西の間に目を向けることはめったにありません。ある日、疲れきった体を持て余しながら隅の方をうろついていますと、何者かに不意に呼び掛けられたような気がしました。いや、そんな言い方は正確ではないかもしれません。けっして声を聞いたというわけではなく、相手は固く沈黙を守っているにもかかわらず、こちらが過敏にその心の底にくぐもっている感情を察知したとでも表現すべきでしょうか。

ぼくは足もとの危ないのを用心しつつもさらに一、二歩、西の壇に近づきました。遠い蠟燭の火に透かすみたいに、視力の衰えた瞳を凝らしますと、あまり背丈の高くない二体の像がぼんやり浮かび上がりました。むろん、口をきかれるはずはないけれど、

『察しておくれよ。多くもない我が家族のうち、末っ子の坊や一人が行方不明なのだ。いつになったら連絡が取れて帰ってきてくれるのやら、わたしたちは寂しくって仕方がない』

あえて人間の言葉に翻訳すればそんなお気持ちを、互いに取り交わしている気配を漂わせていらっしゃるのです。

二体のうち、台座の上に坐すお方は定印《じょういん》を結んでいるところよりすると、阿弥陀如来なのでしょう。その傍に寄り添うかたちで立っているのは、少年らしいあどけなさを顔になおも留《とど》め

た、観音菩薩にちがいありますまい。

その瞬間、ハッと胸を突かれました。観音さまの身長といい容貌といい、どこかで見たものに酷似していたのです。そう、こちらは坊さんたちの日々のお世話でピカピカに磨き上げられているのに比して、ギメのものは収蔵庫の隅で長らく人目に触れずにいた関係から、いくらかいぶせき外観を呈しているけれど、双生児といっても通るほどの佇まいではありませんか。ただひとつの相違はフランスにあるのが右手を曲げ左手をダラリと下げているのに対して、ここにいらっしゃるのは左肘を折り右をブラブラさせている点ばかり。それとて突っ込んで考えれば、もともと二つが一対として刻まれ、台座の上で父親然として両者に慈愛の眼差しを等分に注いでいる阿弥陀さまにお仕えしていた、間接的な証拠といえるかもしれません。

それだけのことが頭にひらめくと、ぼくは場所柄も忘れ、内陣の甃《いしだたみ》に靴音を無粋にひびかせて金堂の外へと駈け出ました。めざすは長老たる高田良信先生のお勤めをなさってる塔頭《たっちゅう》。それ相当の手続きに困難が予想される寺でのご事情は無視して、一足飛びに望みを果たそうと……思えば、年甲斐もない行動に駆り立てられたものです。

幸い、高田老師は朝の読経を了えられ、子院の一室で静かに茶を喫していらっしゃるところでした。アポイントもなしに飛びこんできた金髪碧眼の中年男を咎めるでもなく、熱に浮かされたごとき提案に耳を傾けてくださった。凡愚のレベルからはるかに超脱し、世俗の感情とは無縁のはずの阿弥陀さまと観音さまが、生き別れのままの家族の一人への恋しさにホロホロと泣く。ぼくの持ち込んだ為体《えたい》の知れぬ話に、どのような感想をお持ちになったでしょうか。

それからの経緯はくだくだしく説明するまでもありません。すべては老師の果断のおかげです。ぼくは今、幸せの絶頂にあります。明日、東京を経由して成田からシャルル・ドゴール空港へ向かいますが、この小さなカバンのなかには、すばらしいプランの書類が鮨詰めになってるのですよ」

……

じかにベルナールの顔を見たのはそのときが最後となった。それから後のことは、パリに往来する友人たちの口をつうじて切れぎれに伝わってくるばかりだ。

いかにしてギメの館長を説得したのか、ともあれ貴重な所蔵品を日本まで空輸する許可を得た。けっして少なくない費用は、たぶん、フランス側と寺側とで仲よく折半したものと思われる。

半年ほど経って、法隆寺の宝物館の一室でエキシビションが催された。とくに人目に触れにくい奥に位置する上に、外部の人びとを閉め出すかたちが取られた。

とはいえ展示のための施設だから、普段でも見学者を限定した行事が企画されることは稀ではない。しかし、たった一日のこのエキシビションの特異な点は、専門の研究者はむろんとして、壇上に仏像を並べ終わった僧侶たちまでが足音を忍ばせつつ大急ぎで立ち去ったことだ。つまり、仄かな照明のなかに取り残されたのは元からの先住者である阿弥陀を除けば観音、つい数日前に関西空港で下ろされ一世紀ぶりに祖国の土を踏んだ勢至菩薩のみであった。これは人間に見せるためではなく、展示されている仏さまたち自身が互いにじっくり眺め合うことを目的としたエキシビションに相違ない。

飛鳥時代の創建以来、気の遠くなるような寺の歴史においても前代未聞である。高田老師もベルナールも廊下の外に出るや否やピッタリと扉を鎖ざし、うやうやしくその場に跪《ひざまず》いて合掌していたそうだ。針が落ちても聞こえるくらいの静けさのなかで、久しぶりの水入らずの会話に耽る聖家族がどんな具合に談笑していらっしゃるか、そっと漏れ聞いたとしたら、お二人ともこの世ならぬ喜びを味わったことだろう。

そう想像しても日々の雑事に取り紛れているわたくしには、奈良へ赴く時間はなかった。また、たとえ参加を許されたとて、そんな人間ばなれした幸せのおこぼれにあずかる勇気は持ち合わせなかった。

……

半年ほど過ぎたころ、パリから電話が掛かってきた。久しぶりに聞くベルナールの声はやや沈んでいるけれど、いつもどおり健康そのもので、挨拶など抜きにテキパキと用件を切り出した。

「あなたの故郷は確か、伊勢でしたね。同じ三重県の桑名に行くついでがあったら、ちょっと調べて欲しい。勢至菩薩を本尊としたお寺がそこにあるかどうかだ」

ベルナールの言い分によると、仏さまにもインド、中国、韓国など土地柄に応じて人気と不人気が生じる。我が日本ではこれはもう、観音と不動がなぜかチヤホヤされている。観音を主役とする寺は無数といっていい。一方、同等の兄弟と呼んで差支えない勢至は、全国を隈なく尋ねても、いまだにお目にかかったためしがない。ところが風の便りに聞けば、桑名にはその不遇の勢至を主役にまつる唯一の例がある。ご面倒ながら帰郷のさい、その実態を確かめて来て貰えないか。……

おやおや、さすがに熱がさめたかと思いのほか、やはり勢至に取っ憑かれていたのか。無教養なわたくしには荷の勝つ依頼だが、それでもふるさとへ帰った機会に探してみた。おかげで桑名名物の白魚や蛤をたくさん食べ、すっかりメタボ症候群になってしまった。「やはり、そんなお寺は存在しません」との返事とともに、蛤の時雨煮《しぐれに》でも送ってやろうか、と思っている矢先、新聞記事でパリ発としてベルナールの死が報じられた。

直前まで何の徴候もなかったにもかかわらず急逝したそうだ。そこに掲載された写真は青年期のままで、「三十歳代といっても通る若々しさだった。金髪も豊か、碧眼も生きいきとしており、詳しい病名はしるされていなかった。いや、もしかすると医師や美しい奥さまにも不明であったかもしれない。

ヴァレリーといい、バルトといい、コレージュ・ド・フランスで教鞭を取った知識人には不慮の終わりを迎えるケースが多い。ベルナールは果たしてどこへ去ったのか。高野の山奥か。それとも、わたくしが発見し損なった桑名の田舎寺か。いずれにしろ、今ごろは憧れの勢至さまの浄土で知恵の光を全身に浴びて、のんびり暮らしているにちがいないと思われる。

ベルナールの急逝とほとんど時を同じくして、もう一人のフランクが現われた。別に生まれ変わりとは思わないが、わたくしの寂しさに同情して何ものかが送りこんできたという感じがしなくもない。

ただし、顔や体格がそっくりとはいえ、こちらはファミリー・ネームならぬ、ファースト・

ネームに同じ綴りを持ったフランク・スプルール。国籍も欧州から遠くへだたって、ヴァージニア州生まれのアメリカ人だ。

スプルールとわたくしを最初に結びつけたのは、国技館での相撲見物である。その日、わたくしは若い時分からの習慣にしたがい、最前列の砂かぶりに腰を落ち着けて土俵の進行に瞳を凝らしていた。すぐ左隣に金髪碧眼の西洋人が席を占め、長い手足を座蒲団からはみ出させてさも窮屈そうに、しかし恐らく生まれて初めて見る異国の競技に好奇心をそそられたか、熱心に拍手を送っている。折りふしチラリと覗くと、おや、このあいだ天国に赴いたはずのベルナールに生き写しではないか。もっとも、年齢は少なくとも二十歳は若く、なお中年の瑞みずしさが全身にみなぎっている。わたくしの不躾けな視線を咎めるでもなく、黙って見返したときに静かにほほえんでくれたのでちょっと安心した。もしかすると、先方でもいくらか好意を覚えているのかもしれない。

取組の番数が進んでいよいよ結びの一番となる。ここで誰も予測せぬ番狂わせが起こり、体力といい技倆といい到底敗れるとは思えぬ横綱が初顔の平幕力士に逆転の打っちゃりを食らい、土俵の外に惨めにころがった。満員の観客は総立ちとなり、昂奮の余り手当たりしだいに座蒲団を投げる。隣にいたノッポの西洋人は一瞬の躊躇《ため》らいののち、わたくしを顧みると、東部訛りのアメリカン・イングリッシュで問い掛けた。

「これがこの国の習慣ですか。ぼくも敷いている座蒲団を投げていいでしょうか」

わたくしは少々慌てて止め、

「いや、いけませんよ。ルール違反です。それより飛んでくる座蒲団で怪我すると危ない。両手で頭を庇い、姿勢を低くなさい」

そう答えつつ、自らやって見せた。相手は素直に手本を模倣し、場内の鎮まるのを待った。

こんな偶然がきっかけで、二人は連れ立って両国駅前のちゃんこ料理に行く羽目になり、その日を境に友だち付き合いが始まった。

煮えたぎる鍋をはさんで名刺を交換する。肩書きにはエクソンモービル石油会社、日本法人の副社長と印刷されている。若いのに似ず、世界最大のメジャー・オイルの経営者なのか。

ゆくりなくも数十年前の鮮明な思い出が、わたくしの頭によみがえってきた。一九五〇年代の終わり、東大フランス文学科の学生として本郷キャンパスにおいて、そのころ皆がそうであったような敗戦直後にふさわしい貧しい日常を送っていた。

一日に二合三勺《しゃく》という、現在のメートル法に換算すれば何グラムになるのだろうか、いずれにしろ食い盛りの青年にはとても足りない米飯にありつくためには、農林省発行の外食券というのを必要とする。それにしても街の食堂は一人前の稼ぎのある大人相手なので、われら親がかりの未成年には敷居が高い。いきおい、学校の地下に設けられた生活協同組合の食堂を利用せざるを得ない。広さだけは数百人が一度に食事できるくらいで、いつも閑散としているけれど、メニューはほんの一、二品、変わりばえせぬこと夥《おびただ》しい。

もっとも、今にして思い返せば、来る日も来る日もじつに珍しいおかずに恵まれていたと言えなくもない。馬鈴薯や人参を鯨肉とともにカレー粉で煮こんだ一品。現在ではありふれている牛や豚の肉が、めったに口に入らぬ宝物。占領軍として君臨するアメリカ兵にでも奢ってもらえぬ限り、ステーキにもハムにも縁がない。一方、戦争のあいだ若者の人手不足のせいで、近海には鯨だけはうようよと潮を吹いている。したがって、肉じゃがならぬ鯨じゃが。調味料が醬油でなく、カレー粉を用いていたのは今もって理由がよくわからない。独立運動のヒーローから非同盟諸国のリーダーとなったばかりのネール首相が来日し、東大でも記念の講演会が催された。もしかすると、愛嬢の名前を冠した象のインディラとともに、インド特産のカレー粉をたっぷり手土産代わりに置いて行ってくれたのかもしれない。

そんな事情は詮索する余裕もなく、空腹にまさるソースは存在せぬとの譬えどおり、三食ともガツガツとむさぼった。カレー煮を除けば、顔の映りそうな薄い味噌汁。実《み》はワカメが二きれ三きれか、日によって菜っ葉が侘びしげに浮かんでいることもある。あとは、やたらに塩辛い沢庵がくっ付いているだけ。

そんな日々、大きなテーブルの真向かいに腰掛け、わたくしとまったく同じものをパクついている、同じ年恰好の男がいる。手も足も痩せて細い、髪も眉も輝くばかり金髪の西洋人だ。しかもスーツをまとうことなど決してなく、いつも和風の浴衣を寒そうに着こんでいる。春から夏にかけてならまだしも、秋風が吹きはじめてもそのままだから風邪でも引きはせぬかと気にかかる。堅い椅子に尻を落ち着けるが早いか、辛いカレー煮を箸を巧みに使い搔っこみはじめる。さも旨そうに舌鼓を打つ。呆気にとられて眺めるわたくしに気づくと、仄かに笑みを浮かべ、「グッド・モーニング」と一言だけ挨拶を送ってよこした。

日本人ですら一年をつうじて浴衣を着て過ごすとなれば、両国でよく見かける相撲部屋の取《と》的《てき》くらいしか思いつかないではないか。我が身の貧しさは棚に上げて、その西洋人がつくづくと気の毒になった。

たまたま席を並べて朝食をとっていた一年上級のS君に、

「あの留学生もぼくらと同様、いつも一汁一菜で済ましてる。あの大きな体ではたいへんだろう。それにしても親からはたいして仕送りがないのかもしれない。戦争に勝った側にもやはり貧乏人はいるんだね」

声を低くして囁くと、

「馬鹿を言っちゃいけないぜ。あの男を誰だと思う？　ジョン・D・ロックフェラー二世。父親は石油王。世界で一、二を争う金持ちさ。君はほんとに何も知らないな」

驚くべき答えが返ってきた。つづけてS君は、

「ぼくらが日ごろご厄介になってる大図書館――あの巨大な建物のみならず、内部を埋め尽くしている数百万の書物をも寄付してくれたのは、まさしくかれのファーザーなのさ。もちろん、あそこには明治の創立以来、もとの煉瓦づくりの古めかしい図書館があったのだけれど、大正十二年の地震であえなくも崩壊した。それを気の毒に思い、ロックフェラー一世は独力でポンとすべての費用を投げ出してくれた……」

そうしているうちに食堂のなかはほとんど空っぽになり、もはや聞く人の耳に気兼ねする必要もないので、S君は声を一段と高くして、

「ところでアメリカの金持ちというのは、我が子に対しては恐ろしく厳しいのだ。なぜ二世が日本文化を専攻しようとしたのか、その動機はわからない。歌舞伎をはじめとする古典文化に興味を抱いたのか、あるいは現在は貧しくとも勤勉な日本人はきっと努力を積み重ね、いず

れは経済的にも立派に復興するだろう。その暁には父の跡を継ぐはずの二世は未来の有力な石油マーケットとして今から理解を深めておくつもりなのかもしれない。ビジネスに無縁の君やぼくには想像もつかない、名門の親子関係だろうからね」

S君はそこで言葉を切ると、フーッと溜息をついた。

「――はっきりしているのは、そんな大富豪が我が子には絶対に余分の金を与えたりしないことだ。ジョンと同じ下宿屋に住まう日本人から確かめたところでは、かれの借りているのはたった六畳ひと間のたたみ敷きにすぎない。郵便局の角を曲がった、明治以来『落第横町』とニックネームで呼ばれてきた、じめじめした場末の通り。何とまあ、ニューヨークの父はそこで暮らすギリギリの金しか倅に送ってよこさない。ケチといえばケチだけど、考えようによっては素晴らしい教育法じゃないか。マックス・ウェーバーの『プロテスタンティズムの倫理と資本主義の精神』を地《じ》で行っていると思えなくもないぜ」

S君からのそんな教示を受けて、田舎からポッと出のわたくしはいたく感心した。それからというもの、日に何度か食堂で顔を合わせるごとに、やや過剰と思える丁寧さでアメリカの若者にお辞儀するようになった。相手はやや戸惑い気味ながらも、ほんのり好意的な微笑で会釈を返した。といったところで格別の話題があるわけでもなく、双方とも無言のままの付き合い方は変わらない。

そのうち姿が見えなくなったのは、恐らくジョンが卒業して母国へ帰ったからだろう。忘れるともなしに二十年ばかりが過ぎたあと、フトしたことからニューヨークにしばらく滞在する機縁がわたくしにも生じた。所用のない日はまことに退屈である。たまたま宿泊したホテルのすぐ近くにロックフェラー・センターという一郭が広がり、エクソンモービル石油の宏壮な本社が聳《そび》えている。無聊に苦しむさまに同情したコンシェルジュの紹介でそこを見学する幸運に恵まれた。

マンハッタンの摩天楼の群れやハドソンの河面を一望におさめる社長室があり、初代ロックフェラーが使っていた古風な鐘がこれも時代物のデスクと共に保存されている。もしかすると廊下やエレベーターのなかで二世に逢えるのではないかと、愚かな望みが胸を掠めたが、むろん、そうした偶然など実現されようはずもない。

空いている他の日には、MOMA（ニューヨーク近代美術館）、リンカーン・センターのオペラなどほっつき歩いた。催し物の豪勢な割にはどこも入場料は安く、メセナ（後援者）として莫大な資金を援助する団体のトップにはきまってロックフェラー財団の名が書きこまれている。アンリ・ルソーの特別展、三大テノールのうち二人が才能を競う『ドン・ジョバンニ』を、日本ではとても考えられぬリーズナブルな値のチケットで満喫することができた。……

――それからさらに二十年近く経つ。忘れるともなしに忘れていた旧友の面影をゆくりなくも思いだしたわけだ。スプルールと親しくなって、わたくしが真っ先に質問したのはかれの安否だった。

新しい友の眉が曇り、声は湿りけを帯びた。

「おお、あなたはロックフェラー・ジュニアとお知り合いでしたか。では、まことに残念なニュースを告げねばなりません。かれはすでに逝去しました。まださほどの老齢でもなかったのに……。若いころから日本が好きで、かつて東京の大学に勉強に来ていたことはよく存じています」

ちょっと言葉を切り、しばらく目をつむり何かを思案するような表情を示した。やがて心が決まったらしくふたたび口をひらいたが、その語調にはもはやいささかの躊躇らいもなかった。

「――こうして日本に転勤させられ、あなたとお付き合いが始まったのも目に見えぬ神のお計らいでしょう。そこでぼくはジュニアの遺志を継ぎたい。ビジネスに従事すると同時に、文化と生活の実態についても日本人を理解したい。あなたにガイド役をお願いしてもいいでしょうか」

考えてみればスプルールの面差しは若き日の大富豪に似ている以上に、つい先だって幽明境を異にしたばかりのベルナールとも瓜二つではないか。ちゃんこ料理の火照りと燗酒の酔いが勇気を鼓舞して、わたくしはそこで思い切って賭けに出ることにした。

「時に、あなたはフランス語が喋れますか」

おおむね英米人は外国へ行っても英語が通じるので、他の言語は不得手なことが多い。たぶん、否定的な答えが返ってくるのを予想していたが、スプルールは意外にも、得《え》たりやおう、と受け止めて、少しも慌てず、

「ええ、喋れますよ。学校を出てテクサスでサラリーマンとして初歩的な訓練を受けたあと、最初に派遣されたのがエッソ・フランスでした。テネシー大学でフランス語を教わったわけではありません。パリのお客はプライドが高く、英語で話し掛けてもまるで相手にしてはくれません。仕方なく夜学にかよい、一所けんめい覚えました。……」

さらに問わず語りに、次に勤務させられたのはマレーシアだった。そこではマレー語と中国語に熟達し、そのおかげで知らぬ土地に馴れることにすっかり自信がついた――と打ち明けた。

今度はわたくしが会話の流れのなかでいくらか守勢に立たされる番だ。わざわざフランス語を選ぶ理由を述べたが、ヘドモドと口ごもり、言いわけじみて響いたかもしれない。

「あなたはアメリカ人だ。英語がうまいに決まってる。一方、わたくしは日本人だから、日本語が得意なのは当たりまえでしょう。そこで、これからは二人が会うたびにフランス語で話すことにしませんか。それなら、どちらにとっても公平ではないでしょうか」

アメリカ人というのはフェア（公平）という建てまえを持ち出されると、概して弱いのではないか。苦し紛れに思いついた提案にすぎないのに、相手はうまうまと餌に食らいついた。

「オーケー。ぼくも忘れかけた外国語を思いおこすきっかけになる。じゃあ、そう約束しましょう」

それからというもの一カ月に一度くらい、互いに仕事のない日を見計らって行動を共にする習慣ができた。時にはスプルールのオフィスまで迎えに行くこともある。秘書の美しいアメリカ娘とも顔馴染みになった。そうでなくても、フランス語で電話を掛けてくる変な日本人ということで、品川駅に近い会社のなかでは結構名が知れてしまったようだ。

前どおり国技館でしばしば相撲を見たけれど、わたくしとしては次には歌舞伎座に連れてゆきたいと目論《もくろ》んでいた。シェイクスピア、モリエールに劣らぬ劇作家、近松門左衛門、河竹黙阿弥がこの国にいたことをスプルールの胸の奥にしっかり刻んで欲しいからだ。

だが、それを実行に移すのは思いのほかむずかしい。かれにとって日本語を習得することは、マレーシアや中国の言葉を身に付けるより時間を要した。というのも外資系のグローバルな企業につとめる日本人の部下は英語に恐ろしく堪能で、副社長であるかれが苦労する必要は生じなかったことに依るだろう。

ところで『忠臣蔵』にせよ『弁天小僧』にせよ理解させようとすれば、この国の言語に対する最低限度の予備知識を叩きこむプロセスが前提となるだろう。日本語を構成する漢字、平仮名、片仮名の三種の文字と取り組んで悪戦苦闘しているスプルールを見るにつけ、当人は意欲を示すにもかかわらず、そのプランは後回しにせざるを得ない。差し当たっては日本のフードの食べ歩きだけに徹することになる。

ふだんから行きつけの鮨屋を最初にえらんだ。理由といっては別にないが、このごろ魚のカロリーの低さが評価されたか、パリでもニューヨークでも日本流のスシ・バーが繁昌していると何かで読んだせいだ。

暖簾《のれん》をくぐると、相棒はたちまち素っ頓狂な叫びを発した。

「ムッシュー・ミヤモト。この店のテーブルはぐるぐる回転していない。なぜですか?」

わたくしはその声の高さを目顔で抑えたあと、

「もともと動かないテーブルが回転するようになったのは、つい最近の流行なのです。この方がゆっくり腰を落ち着けて食べられるでしょう」

昔ふうの名人気質の握り手、村田さんと伊藤さんはフランス語は解せぬなり、客二人の仕種によって事の成りゆきを悟ったのか、笑みを含みながらヅケ台のすぐ前に茶とおしぼりを運んできた。

白身から始まって江戸前のツメで味付けしたものに移ってゆく。クロビス（蛤）、シガール・ド・メール（蝦蛄《しゃこ》）、コングル（穴子）と進み、どれも、

「セ・ボン（おいしい）」

と褒めつつ平らげるが、その合間を縫って、

「じつはぼく、牛や豚の肉が好きじゃない。でも、魚はしょっちゅう食べてますよ」

と、声をひときわひそめてささやく。あとで思えば真っ正直な告白だったのに、こちらは鮨の旨さを讃えるためのお世辞としか取らなかった。

トン（鮪）を摘まんだとき、わたくしを正面からマジマジと見詰め、

「この魚に限って、大トロ、中トロ、赤身と三種類に分けられているのはどういう理由によるのですか？」

と訊いてきた。

わたくしもしばらく箸を休め、

「大トロはボクー・ド・ラール（脂肪たくさん）、中トロはムワイヤン（中くらい）、赤身はプー・ド・ラール（脂肪ほとんどなし）ですよ」

と生真面目に説明した。その答えが気に入ったらしく、赤身だけを食べつづける友に倣《なら》い、二人ともトロは敬遠することになってしまった。

おしまいは東京では玉子焼か海苔巻きとほぼ相場が決まっている。色と形でそれと知れる玉子は避け、

「こちらの黒っぽい布みたいな植物で巻いたリ（ごはん）にしたい」

と、スプルールはのたまう。

「ああ、オルガ（海苔）だね。味もさることながら、薫りがいい。日本的な美意識に触れるのには最高の選択だ」

かくして第一回の男同士のデートはめでたく終わった。

ひと月ほど隔てて第二回は、日本橋本町の『てん茂』へ行った。ここは品のいい客が多く、かつて昭和天皇の身のまわりの世話をしたという、宮内庁の元職員などとカウンターの隣になる偶然にも恵まれる。穴子よりはモッチャリと歯ごたえのある晩春のギンポ、サクサク感と濃

厚な味わいのバランスの取れたかき揚げ。スプルールはどれにも健啖に立ち向かったが、むしろ精進揚げの方を喜ぶ風情がやはり目についた。

あげく、最後のひと口を頰張りつつ、

「今の給料はとてもいいけれど、ぼくはいつまでも石油のビジネスをやりつづける気持ちはありません。この油で揚げる料理人の仕事は、とってもすばらしい。こんな西洋人でも例えばここでシェフの弟子にして貰って、何年か修業したら一人前になれるでしょうか」

オーナー・シェフは慶応のOBでフランス語を解するから、耳にとめたらしく、鍋の前を離れると、半ば冗談っぽく会話に割りこんできた。

「ムッシュー、こんな仕事、本気で勉強したら、二、三年でマスターできますよ。でも、上手になったからといって、ここのすぐ隣で開業するのだけは止めてください。ぼくの店が潰れてしまいますから」

三人揃って大笑いし、その場はめでたくおさまった。

一、二年の歳月が楽しく流れた。スプルールの肉嫌いはけっして誇張でなく、ベジタリアン（菜食主義者）と呼んでいい領域に達していることを否応なしに認めさせられた。

究極の精進料理というと豆腐にとどめを刺す。鶯谷駅に程近い『笹乃雪』。数百年の歴史を誇る、この道ひと筋の料亭。

鶏肉と煮こんだもの、おぼろ豆腐など、どれも目をかがやかせて掻きこむ。わたくしの知るかぎり、ふつうのアメリカ人にとって嫌いな食べ物のナンバーワンであるはずの豆腐が、かれにはこよなき美味として受け入れられている。しかも、さまざまなやり方で手を加えていない冷や奴。通常のコースでは供されない生《き》のままを無理に乞い受けて、醬油のみをかけてテーブルに置くと、咽喉を鳴らして啜りこみ、

「セ・ル・メイユール（これが一番おいしい）！」

と、感嘆これ久しくする。日本人でもこれほどの豆腐好きは珍しい。

図に乗ったわけでもないが、ここでわたくしはつい、言わずもがなの話題を持ち出してしまった。

「ニューヨークではひどい事件があったね。あんな悲しいことは初めてだ」

スプルールの顔が蒼ざめるのを見て、すぐさま後悔したが、中途で口をつぐもうとしてもすでに手遅れだ。

ほんの二、三日前、九月十一日に例の同時多発テロが世界を震撼させたばかりであった。

「オー、アイ・バースト・イントゥー・ティアーズ」

突然の英語が友の口から奔り出た。夏の空気の熱さがほのかに残る和風の座敷のうちが凍りついたような錯覚に捉われた。テネシー大学卒の知り合いが世界貿易センターの証券会社オフィスにつとめており、突っこんだ飛行機とともに燃え上がり命を落としたというのだ。それを思いだすまいとしている矢さき、わたくしの言わずもがなの一言が傷口をひろげてしまった。バースト・イントゥー・ティアーズ――文学どおり「号泣」したわけではないけれど、スプルールの目尻から涙がひと粒こぼれ、黄金の産毛《うぶげ》の光る頬を伝わった。

それからも二人はフランス語で会話をつづけたが、何かが微妙に変わった。言葉というより気持ちが互いに通じにくくなった。

あのテロのシーンをわたくしもテレビで繰り返し見たにせよ、どうしてもそれは距離をおいた傍観者にすぎなかった。自らの友人を炎のなかに失ったアメリカ人とは本質的な相違がある。簡単に慰めたり同情したりできるものではない。それからはどちらも相手に連絡が取れず、二人きりの食事会は自然と終わった。

しょせん、東は東、西は西か。――明治このかた、無数の先人たちが味わってきた苦い思いを噛みしめざるを得なかった。

豆腐料亭のパーティーは図らずも、送別のうたげとなった。

年が改まってスプルールから手紙が来た。みごとなフランス語で、だけど、感情をまじえぬさりげない文体で、「会社を退職して、本国へ帰る」としたためられていた。

いったんは故郷のヴァージニア州に落ち着くつもりだが、それから何をするか、まだ決めてはいない。ただし、ビジネスとは縁を切り、これからはＮＰＯに入り、社会的弱者を救済するために残りの生涯を捧げる——というのだ。

二人のフランクはまたもやわたくしの心のなかで重なった。ベルナールが勢至菩薩に帰依したのと同様に、スプルールが何か目に見えぬ巨大な存在と一体化した。考えてみれば、かのアメリカ人の信仰がカトリックであったか、プロテスタントか、もしくはユダヤ教か、正確な知識は持ち合わせていない。しかし、二人ともわたくしと奇妙な臍《へそ》の緒でつながっていることだけは疑いようがなかった。

四　鮫と鯨の干物

一つの絵から始めよう。国芳の『宮本武蔵の鯨退治』。

一つといっても一枚ではない。江戸中期からあとの浮世絵によく見かけるように、大判の版画を横に一列に並べて鑑賞する三枚つづき。映画にたとえれば通常のサイズではなく、うんと横長のシネマスコープとでもいうべきか。

わたくしにそれを見せてくれたのは、京は東山、新門前に新旧の版画を展示してひさぐ、古い友人の山尾剛さんである。

「宮本さん、たしか国芳がお好きでしたね。ちょうど良いところにいらっしゃいました。珍しいものがありますよ」

末期の歌川派では、風景を描かせたら広重、美人画なら国貞、武者絵を得意とする国芳と、江戸の人びとの人気はほぼ三分されていた。でも国芳のみはそんな世評に頓着せず、むしろ皆の期待を裏切るごとく新しいことに常にチャレンジしつづけた。現代のマンガにじかにつながるのではないかと思える奇想天外な戯画や、三面記事めいた世相の諷刺絵、生態をユニークな視線で観察した動物画——わけてもピチピチと生きがよく生臭さの伝わってきそうな魚を描いたりもした。

山尾さんが抽斗《ひきだし》を開き、丁寧に折った畳紙《たとう》から三枚つづきを引っぱり出した。テーブルの上に置かれると、わたくしの目は否応なしにそこに吸い寄せられた。

横長の画面の全体に大海原が広がっている。疾風と怒濤。波浪の荒れ狂う凄まじさは北斎の『神奈川沖浪の裏』をすら凌駕するほどだ。

その海面に斜めに浮かび上がった背美鯨は、これまた考えられる限り巨大で、どこか西洋画のごとき趣きがある。しかも、その巨軀に似ず目はやさしく、尻尾をややエロティックにくねらせているばかりか、口から目の下にかけて赤いレース状のアクセサリーさえ付けているではないか。もっとも不思議なのは、何といっても背中には抜身の大刀を持った人間が乗り、力いっぱい突き刺しているにもかかわらず、苦痛に呻くどころか、さも気持ち良さそうに恍惚の表情を浮かべていることだ。まあ、牝にはちがいないが、それにしても目の美しさはソフィア・ローレンに迫るくらいだ。こんな洋画の手法を誰から習得したのか。

一方、鯨の背のまん中に仁王立ちになり、大刀を逆手に取りモンスターの急所めがけて刺し通した武蔵を見ると、これはまた手馴れきった武者絵の伝統的画法で描かれている。巨鯨の皮膚はヌメヌメと滑りやすく足を踏んばることは容易でなかろうに、さすがは手練の剣豪、足袋はだしのまま地上のごとく安定し、敵の息の根を止める仕事に熱中していた。とはいえ、鯨の大きさとはそもそも比較にもならぬ、侍の体の小ささ。いかに自慢の大刀を鍔もとまで刺し通したにもせよ、皮下の分厚い脂肪層に届くのがやっとこさで、相手を倒すには至らないのではあるまいか。

武蔵の顔は無表情で、そこに何らかの心のうちの揺らぎを読み取るすべはないものの、少なくとも敵意を示す徴候はなかった。いや、誇張を恐れずにいえば、剣豪は牝そのもののエロティシズムをさらけ出した巨鯨に対して表向き殺戮の残酷さを装いながらも、内心では愛に満ちて抱擁しまさに性行為にすら及ぼうとしているとも解釈できる。かつて読んで印象も生なましい吉川英治のベストセラー小説のヒロインお通さんのごとき妙齢の美女と、むくつけき巨鯨が重なって見えてくるとは何とも奇怪な印象である。

「どうです。お気に召しましたか。もし良かったら東京へお持ち帰りください。ただし、正直言って、そう安くはありません。数ある国芳のなかでも、とびきり珍しい掘り出しものです。

定評のある西洋風の風景画などと比べても、かなり値が張りますよ。だから、けっして無理におすすめするわけにはまいりませんが……」

遠慮がちな山尾さんの言葉で、わたくしは夢想の世界から急に現実に引き戻された。ほとんどまだ夢見心地のまま、

「で、おいくらですか？」

値段を訊く我が声がみっともなく上《うわ》ずっているのを意識せずにはいられなかった。

耳もとで囁かれた額は、絵の貴重さからしてそう高いとはいえなかった。でも、乏しいわたくしの財布の中身に釣り合うは、し、た、金ではない。もっとも山尾さんとの二十年になんなんとする付き合いの古さに甘えてお願いすれば、ひょっとしてかなり値引きしてもらえるかもしれない。だが、そんな図ずうしさを口にする勇気は出なかった。何となく、この絵の崇高さを傷つけかねないような躊躇らいが押しとどめたからである。

わたくしは迷いを断ち切るために、そそくさと店を出た。

しかし、新幹線に乗ってからも、たった今別れてきたばかりの絵が何度も目さきにチラついて離れない。いや、それどころか東京へ帰り何カ月か経ったあとでさえ、武蔵と鯨はしつこく頭のなかに蘇ってきた。なぜ無理をしてもあのとき絵をカバンのなかに入れて持ち帰らなかっ

たか。……わたくしは文字どおり、我が身のケチ臭さをいつまでも悔いつづける日々を送った。

そのたびに連想するのはハーマン・メルヴィルの小説『白鯨』だ。巨鯨と人間の命を賭けた戦いを描く、もうひとつの作品。モウビ・ディックというモンスターに片脚を喰い切られた復讐のために、身の毛もよだつ追跡をおこなうエイハブ船長。「神、巨《おお》い なる鯨を創りたもう」と『創世記』にしるされているとおり、その取っ組む相手は自然の持つ無限の力そのもので、とても勝てる見込みなどあろうはずもない。メルヴィルが小説の冒頭に引用している『プルターク教訓書』の表現を借りれば、

また、その他の何ものにもあれ、混沌《こんとん》なすこの怪物の口に入るものは、獣にもあれ舟にもあれ岩にもあれ、その汚れたる巨大なる咽喉の中にほしいままにむさぼられ、やがて底知れぬ腹中の淵に亡び去る（阿部知二訳『世界文学大系』32　筑摩書房）

ということになる。

国芳の描く浮世絵においても、鯨の図体の大きさ、自然のなかに秘められた無限のエネルギーをシンボリックに喩えている点ではまったく同じといっていい。しかし、アジア的な奇妙さ

と呼ぶべきか、切れ味鋭い日本刀を鍔もとまで深ぶかと刺し貫いた武蔵と背美鯨とのあいだには、互いを隔てる敵意が存在するのは当然としても、それをはるかに上回る睦み合い――エロティックな戯れの感情が仄かに漂っている気配を否定できない。両者は悲劇的な宿命にみちびかれて戦っているにもかかわらず、その実、より高い視点から見ると、ある共通の目標を達成すべく力を合わせて作業にいそしんでいると思えなくもない。

西洋とアジアのあいだに横たわる、埋めがたい論理の食い違い。もう一度、絵を前にして惑乱した印象を確かめるには京に赴き、山尾さんにお願いして、ぜひとも先方の言い値で譲っていただくしかない。……そう考えつつも、いつも変わらぬふところの淋しさと、加うるに生来の優柔不断な性格も手伝って、なかなか重い腰が上げられないのであった。

わたくしは伊勢神宮の鳥居の近くで生まれた。昼飯の時刻になると、人口十万ほどの街の隅ずみまで独特の匂いが立ちこめる。甘いような辛いような、それでいてどこかアンモニア臭い魚を焼く強烈な香気。よそから訪れた旅行者なら、鼻をつまんで逃げ出しかねない。だけど地元の人間にとっては遠い先祖の記憶を呼びさます、たぐい稀な懐かしさに満ちている。わたくしも東京から戻るたびそいつを嗅ぐや否や、抑えがたい食欲にそそられて台所の金網のそばに駆け寄る羽目になる。

とりわけよく思い出すのは小学校の教室だ。現在みたいに給食などという制度はなかったから、めいめい母親に詰めて貰ったアルミニウムの弁当箱を携えていた。ドカ弁というほど大食いではなかったにしろ、ミッキーマウスやポパイのマンガが蓋に描かれたかわいい小箱が、なるべく冷《さ》めないようにとの親心から毛糸で編んだ袋に包まれている。正午のサイレンを待ちかねていそいそ引っぱりだす。貧しい時代には「銀シャリ」と呼ばれてそれ自体が貴重品だった白い御飯の上に乗っかっているおかずはといえば、まるで申し合わせたように同じ鮫の干物だったのである。

もっとも伊勢では干物とは呼ばない。他の魚とは区別して、鮫だけは特別扱いして「タレ」という名称を奉られている。

鮫のタレ。ほとんど半数近い児童がそいつに舌鼓を打ち、来る日も来る日も飽きもせずかぶり付いているのは、まことに異様な光景である。そうはいっても広い三重県全体をつうじて存在する風習ではない。ほんの二十キロしか離れていない松阪や津に行けばまったくお目にはかかれなかった。伊勢を中心としてせいぜい十キロかそこいらの狭い地域でのみ、千年以上も前から大切に保たれてきた食習慣にすぎない。

帰郷するごとに半ば好奇心も手伝い、街なかをブラブラうろつき確かめてみる。なるほど昔ながらの魚屋はめっきり減ったけれど、スーパーマーケットやコンビニの店頭には、やはりあるわあるわ、干して塩を振り固めた鮫のタレが山積みにされている。歴史の闇の彼方から語りかけてくるような、懐かしい匂い。だがそこには、子どもの時分には気づかなかった別の要素が含まれている。女性の素肌から匂い立つとしか形容できない、どこかセクシーでエロティックな香気が発散され、大人になったわたくしの鼻孔をくすぐる。

土地柄、市民のなかには神官として奉仕する者をはじめ、さまざまな技能を駆使して神宮の境内で作業に従事する人びとが多いのは言うまでもない。鮫の干物を食べる習慣も神官から普通の市民へと伝わり、いつの間にやら小学校の昼食時間まで独占するに至ったにちがいあるまい。

天照大神——皇室の祖先として敬われている女神さまは、なぜか恐ろしくグルメでいらっしゃる。強飯《こわめし》のほか、海藻、果物、野菜などを召し上がり、清酒も盃に注いで三杯お傾けになる。それらを調理するために外宮には御饌殿《みけでん》という場所が設けられ、日に二度、五人の神官が立ち働く。鯛、鯉、鮒《ふな》、キス、アユ、カマス、伊勢海老、スルメ、サザエ、ハマグリ、カキ、鮭、マス、ボラ、スズキといった魚類が季節に応じてこれに加うることも多く、中でも欠かさずご賞味なさるのが鮫の干物なのだ。

そうは言っても神さまが実際にお食べになるはずもなく、そこは誰もが知るとおり「神は禰《ね》宜《ぎ》の計らい」――直会《なおらい》と称して、神官たちが後でこっそりお下がりを頂戴するにきまっている。じっさいに口にしてみたところでは、鯛よりも海老よりも、値段の安い鮫が意外にも旨い。噂がしだいに漏れ伝わり、われわれ俗人どもの家庭でも同じ物を買い求め、焜炉の上の金網で炙り、お手軽にぱくつく幸せをわかち合うはこびとなった。

この街には鮫を好んで食卓にのぼす慣習が古くから根づいている。歯ごたえのあまりない独特の蒲鉾――今日ではよその土地と同じくスケソウダラを材料に使うが、かつてはすべて鮫の肉を蒸し上げていた。小学生のころ、偶然覗きこんだ蒲鉾屋の店さきで、白い目を恨めしげに剝いた鮫が器械によって半ばミンチにされつつ、こちらに向かって急に悪戯っぽくニヤリと笑ったみたいな錯覚に捉われ、ワッと叫んで逃げ出した記憶が頭にこびりついている。

戦争のさなかには男手の不足からさすがに普通の魚は水揚げされず、やむなく街なかの露店において捕れたての鮫をさばき路ゆく人に売る光景も見られた。ただし、巨魚の胃袋から食い切られた男の片足が長靴をはいたまま現われたそうだ。そのときはワッと叫んで逃げ散ったが、恐るおそる切身を分配することを中止しようとはしなかった。

志摩半島では古代から、半裸の女性が深く潜り、海底から鮑や海鼠《なまこ》を手づかみにする漁法が盛んにおこなわれている。海女たちにとっていちばん怖いのは、ほかでもない、漁場に出没する鮫である。男たちの手であらかじめそいつを網に掛け駆除することこそが、愛する女房や娘の安全を確保するためにぜひとも必要とされる。

前にも書いたとおり、漁民や海女たちの得た「海の幸」は農民の鍬の先から収穫された「山の幸」と並んで女神の食卓にのぼる。とはいえ、伊勢神宮はやはり米作りの神さまだから、境内を三々五々いそいそ歩き回っている善男善女の群れのなかに漁村からの参拝者は少ない。わたくしの知る範囲でも、水産業者——とりわけ海女たちが信心しているのは鳥羽港の南に聳える青峰《あおのみね》山の頂きにある正福寺だ。そこの本堂の前に立つと、東側には太平洋から伊勢湾口へとつづく青海原が眼下に広がり、まさに天とまじわるところ彷彿として一髪の水平線が横たわる絶景に言葉を失う。わだつみの仏が紛れもなくいます——と実感させられる。

神宮に供えられる鮫は半ばはもちろん心からの奉献に相違ないにもせよ、どこかしら力ずくで無理に召し上げられた物という印象が拭えない。農業の神が力のあり余るまま、海にまで触手を伸ばし、わだつみの仏の食い扶持をも横どりした強引さが、二十一世紀の今日となっても一種の違和感としてわれわれの心の底に留まっているのではあるまいか。

文字に書かれた史料として鮫のタレが初めて登場するのは、千三百年をさかのぼる、奈良時代の平城京跡から大量に出土した木簡である。一例を挙げると、

志摩国答志郡佐米多利

という木の札に墨でしるされた十の文字。答志《とうし》郡は現在では鳥羽市に合併された離れ島だが、佐米多利はサメタリ、鮫のタレにきまっている。

海辺の村々には水田がなく、したがって律令によって定められた米の「租」という税を納めることができない。代わりに平城京に送られた特産物——「調」と呼ばれる——こそが鮫のタレだった。考えようによっては奈良県は海から遠く隔たり、蛋白質の補給には難渋していたので、大宮人たちの健康を保つ上でもそのことは好都合であった。たぶん藁袋か菰《こも》に詰めて奈良へと輸送するさい、荷札として付けたものが運よく残ったのがこの木簡ということになる。

それらはすべて天平時代の遺物だが、こうした制度を始めた人ははたして誰だろうか。少しさかのぼった美術史で白鳳といわれる時代、女性ながらも圧倒的な統治力でこの国を支配していたオオヤマトネコアメノヒロノヒメノミコト——中国風のオクリナを用いれば持統天皇と呼

ばれるお方にほかならない。

このところ伊勢に帰ると、ふるさとの友だちは何となくソワソワと落ち着かず、街全体が喜びに溢れている。それというのも二十年に一度、内宮《ないくう》と外宮《げくう》の社殿をまだ朽ちもしないうちに建て替える「遷宮」という儀式がおこなわれているからだ。神領と称される狭い地域に住む人びとの特権として、清潔な法被《はっぴ》を羽織り鉢巻きをキリリと締め、木曾の山奥から伐り出された檜の材を車に積みこみ、勇壮な木遣唄《きやりうた》をくちずさみつつ境内に運び入れる作業に忙殺されている。こうした厳粛にして楽しい行事を創始したのが、まさに持統女帝その人だと伝えられている。

古代から平成の今日まで百二十五代もの天皇が数えられるものの、たった一人だけ挙げるとすれば、わたくしは持統さまが大好きだ。弥生式農業のころまでこの国の人びとは地面に穴を掘り柱を埋めこむ——掘っ立て柱というやり方しか知らず、豪族の宏壮な住居といえども他の方法で建てるすべはなかった。地中の水分に容赦なく浸食される根っ子の部分ははやばやと腐るので、せいぜい二十年経てば取り壊し、同じものを改めて建てねばならない。見ようによっては無駄の極みだけれど、マンネリズムに陥りがちな人びとの心を引きしめ、再活性化する効果が期待される。さらに我が国に特有な、すべてのものには永続性がなく、いずれむなしく土に帰るという思想。したがって、常にそのことを念頭におき、与えられた短い時間を一刻も惜しんで勤勉に努力しよう。――他の国にはあまり例のない美風を育てるよすがともなった。

弥生の時代から崇められてきた天照大神は言うまでもなく女神だが、そのイメージのなかには、こうした独創的な発想で社殿を初めて建てた女帝の面影が自ずと反映している。その証拠のひとつとして持統さまに寵愛され引き立てられたおかげで、初期の『万葉集』第一の歌人となった柿本人麻呂の絶唱に、

大君は神にし座《ま》せば天雲の雷《いかずち》の上に庵《いほ》らせるかも（『日本古典文学大系』岩波書店。以下同じ）

がある。歌の背景は他愛《たわい》もないほどささやかなもので、ある日、女帝が飛鳥の宮殿からつい目と鼻のさきの低い丘――俗に雷の丘と呼ばれているところへピクニックに出かけたというにすぎない。しかし、天才の目から見れば、そのことは女神さまが大空にゴロゴロと轟き稲妻を光らせる雷よりはるか上を飛翔し、そこに別荘を建て悠々と憩っていらっしゃる風景を喚び起さずにはいまい。ついでに言い添えれば、現世の統治者たる天皇を神と一体視する習わしも、まさしく持統さまのとき人麻呂によって確たるかたちで軌道に乗ったといえよう。

しかし、それのみに留まらない。大和の藤原京においては同時進行的に、インド、中国から伝えられた恒久を目ざす仏教建築が槌音も雄々しく出来上がりつつあった。のちに平城京に移築され、千四百年後の星霜にも朽ちることなく輪奐《りんかん》の美を誇りつづけている薬師寺がやはり女帝の手で竣功を見た。

まず最初、病いに罹ったのは、まだ美貌の皇后でウノノヒメミコと呼ばれていた持統さまであった。天武天皇は最愛の妻の身にきざした不幸をいたくご心痛になり、その平癒祈願のために医薬をつかさどる薬師如来を本尊にまつる巨大な寺院を着工した。効能はいち早くあらわれ、皇后はほどなく健康体にもどった。しかし、禍福はあざなえる縄のごとし、との諺のごとく、今度はあに図らんや、頑健な夫が俄かに病いを発し、長く床に就くめぐり合わせとなった。

工事はすでに半ば近く進捗《しんちょく》しており、自然の流れとしてウノノヒメミコが完成を図るべく国家の総力を傾注する。けれども薬石効なく、天武さまは壮年の盛りに崩御した。跡を継がせるべく掌中の珠と育てられつつある皇太子はなお幼く、止むを得ず皇后が自ら帝位に昇り、夫にまさる才腕を発揮する。

奈良の西ノ京に、白鳳の仏教美術の粋をそっくり二十一世紀に伝える薬師寺は、まさに夫婦愛の結晶であり、しかもそれが悲劇に終わったことでなおさらわれわれの胸を打つ。一方で、二十年保てばいい伊勢神宮の造営を監督しつつ、他方、同時進行的に千四百年の星霜に朽ちず、さらに千年――いや、永遠を目ざす大陸的な価値観にもとづく薬師寺に着手せねばならなかった。か弱い女性の身をもって相反する二つの理想を体現しようと努めた、たぐい稀なリーダー。

いま、創建の壮麗な姿をとどめ聳《そそ》り立つ東塔を右に眺め、きざはしを上り金堂に入ると、まん中に安らかに坐られたご本尊を両側から挟み、あたかもそれに憧れるように日光と月光の二体の菩薩が身をくねらせ侍立している。双方とも大きさといい表情といい互いによく似てはいるけれど、仔細に観察すれば日光はどことなく逞ましく男性的で天武帝を偲ばせるし、月光は何かしら妖艶で女っぽく持統さまをモデルとしたと推定せざるを得ない。そもそも菩薩というのは如来とは違い、いまだかなりの程度に人間臭い状態を脱し切れずにいると経典には説かれていた。天子も皇后もまた懊悩の深い生涯を送ったとすれば、仏陀を頼りそれに憧れるほかなかった。

ご夫妻の仲睦まじさと、時代の変わり目を生きた苦しみを端的にあらわすものとして、檜隈《ひのくまの》大内 陵《おおうちのみささぎ》からたまたま発見された遺体の状況を挙げることができよう。宮内庁の書陵部に所蔵される『阿不幾乃《あおきの》山陵記』と題する筆写本によると、同じ棺に収められながら処理の方法は逆なのだ。天武さまが神道にしたがい土葬なのに対して、少し後に逝去された持統さまは帝王として初めて火葬を選ばれ遺灰となっていらっしゃった。普通なら人目に触れるはずもないけれど、鎌倉時代の末、墓泥棒に入られたせいで陽の目を見、藤原定家や九条兼家なども日記のなかで悲しみつつ言及している。

今日に至るまで日本列島に住む人びとのうち、その祖先の最大多数が東アジアから稲つくりの農民として渡来したであろうことは考古学的な発掘物から明らかだ。しかし、それとは別に、東南アジアから黒潮に乗り列島に辿り着き、魚介類や海藻を主とする美味をもたらした人びとの流れが少なくないこともけっして忘れてはならない。柳田國男の晩年の名著『海上の道』をひもとけば手堅い論証によって納得させられるが、範囲をさらに広げてポリネシア、サモア、ハワイに及ぶ環太平洋の漁民の大移動のなかに我が国の起源を参加させることすら可能だろう。

折口信夫は師である柳田より一歩先へと進み、海底深く潜って鮑や伊勢海老を捕る海女に着目し、日本海流に乗って志摩半島の波切《なきり》や、房総の御宿《おんじゅく》、九州の手前で北に分かれた対馬海流に棹さして韓国の済州島《チェジュド》、能登半島先端の舳倉島《へぐら》などに住み着き今に残る海人《あまびと》たちを愛しつづけた。

鋭敏な持統さまがこれらの人びとの存在を無視されたとは到底考えられない。ご在位中、あまりに頻繁過ぎる志摩半島への行幸、そこでの舟遊びのけばけばしさの背後に隠されたご意図がうっすら透けて見える。内陸の盆地である飛鳥では容易に口にし得ぬ新鮮な海産物を賞味なさるほかに、日々の苦労をものともせずそれらを漁獲する人びとと親しく交わる目的も持っていらっしゃったにちがいなかろう。

おん自ら才色に恵まれていらっしゃった女帝には、宮廷第一の歌人としていわばプロフェッショナルの名声を確立しつつあった人麻呂が代理者の役割をつとめていた。リアス式の風光を誇る志摩市の英虞《あご》湾で、

阿胡《あご》の浦に船乗《ふなの》りすらむ娘子《をとめ》らが赤裳の裾に潮満つらむか

と詠んだとき、あらわには歌わぬにせよ、いちばん大きい船には持統さまが乗っておわすにきまっている。潮と戯れているのは何も侍女たちばかりではない。

くしろ着く手節《たふし》の崎に今日もかも大宮人の玉藻刈るらむ

男性の官吏たちも自ら鎌や漁具を手にしてワカメ、アラメを刈り取る遊びに興じている。そ

こでは地元の漁民に手ほどきを受けただろうし、ふだんは耳馴れぬ大漁唄に聞き惚れたでもあろう。かくして持統さまのおん目の前で、稲つくり農民と海に生きる人びとの和解が楽しく実現されてゆく。人麻呂本人は遠い大和で留守居を申しつかりながら、

潮騒《しほさゐ》に伊良虞《いらご》の島辺《しまべ》漕《こ》ぐ船に妹《いも》乗るらむか荒き島廻《しまみ》を

との絶唱をものし、侍女たちのなかには自身の最愛の恋人も加わっていることを問わず語りに白状してしまう。現在では鳥羽市に属する伊勢湾口の神島がまさにその場所であろうし、女帝のご一行は一カ所に留まることなく、できるだけ多くの者と触れ合うために、志摩半島を隅々まで巡幸された事実が浮かび上がる。

考えようによれば、日本列島に住むマジョリティーの農民とマイノリティーの漁民とのあいだには現代もかなりの格差が残り、前者は後者に対して絶えず心くばりを繰り返さねばならない。白鳳期に人麻呂の果たした役割を昭和の戦後に至って引き継いだのは、西洋近代小説に誰よりも熱心に傾倒しながら他方で生粋《きっすい》のナショナリストだった三島由紀夫である。

昭和二十六（一九五一）年に書かれた五番目の長編小説『禁色《きんじき》』には洗練された散文で、か

って万葉歌人に詠まれた同じ場所の景色がみごとに再現されている。

鏑木《かぶらぎ》夫人は金にも遊ぶ時間にも不自由しない恵まれた女性で、夫は元伯爵というから、たぶん皇室に近い堂上貴族の生まれだろう。海蛇《うつぼ》の革でハンドバッグを製造する会社の会長をしたり、洋裁学校の名前だけの校長をつとめたりするかたわら、競馬協会の理事、天然記念物保護委員を引き受けたりもする。裏ではドルと円の闇交換をいとなみ、やんごとない生まれを百パーセント利用した悪事と怠惰をつうじて収入を得ている。

はるかに年下——むしろ息子というにふさわしい悠一は、まるでギリシャ古典期の彫像がそのまま生き返ったような美青年である。

一種もどかしい温柔な美にあふれたその肉体は、気高く立てた頸《くび》、なだらかな肩、ゆるやかな広い胸郭、優雅な丸みを帯びた腕、俄《にわ》かに細まった清潔な充実した胴、剣《つるぎ》のように雄々しく締った脚を持っていた。(新潮文庫。以下同じ)

夫婦そろって互いに干渉せぬ生活に飽きあきしている鏑木夫人が、こんな好餌を見のがすはずはない。悠一を志摩半島に新築されたばかりのホテルに誘い、誘惑しようと試みた。ところが、やんぬるかな、稀代のハンサム・ボーイは実は女性にはまるで興味がなく、同じ男性にしか欲望を覚えぬホモセクシュアルだった。

東京生まれで都会育ちのサンプルみたいな二人は鳥羽を経て、近鉄線に乗り換え、本土と短い橋一つでつながった賢島《かしこじま》に着く。海を見下ろす丘のいただきに現在も昔どおりモダンな偉容を誇らかに聳え立たせている志摩観光ホテルにチェックインしたとき、夫人はわざと一室しかとらなかった。でも、その愛がいかに深かろうと、この相手では何ごとも起こり得ようはずがない。

二人はホテルの裏手から大型のモーター・ボートで英虞湾の入江づたいに島めぐりに出かけたり、御座《ござ》岬にほど近い白浜へ泳ぎに行ったりして数日を費す。不可能の愛は両者を苦悩でさいなむのみで、事態は一向に進展せぬけれど、ホテルを取巻く自然の美しさは恐るべき抱擁力でかれらに神秘的な救いをもたらす。

夫人と悠一は水着の上に、軽いシャツを着てホテルを出た。自然の静寧《せいねい》は二人を囲んだ。この四周のけしきは、島々が水に浮んでいるというよりは、島があまりに多く接近しており、海岸線は屈曲を極めているので、陸地のいたるところへ海がしのび入り陸を蝕《むし》ばんでいるとしか見えなかった。
三島の筆はどこにも増し晴れやかに冴えて、
英虞湾の一つの入江は、さらにいくつもの入江の枝葉をひろげている。その枝葉の一つから舟出をしたボートは、何度曲っても、依然として陸地に閉ざされているかに見える海面を辷《すべ》った。（中略）
「あれは浜木綿《はまゆう》だね」と船客の一人が叫んだ。
失意のカップルを慰めてくれるのは風景だけではない。ここの酒倉には東京に負けぬ日本有数のワインのコレクションがあるし、レストラン『ラ・メール』ではパリの三つ星に劣らぬ魚介をふんだんに使ったフレンチに舌鼓を打つことができる。
夕方、海水浴からかえった二人は、夕食をとる前に、ホテルの西むきのバアへ行って、食前の酒を呑《の》んだ。悠一はマルチーニを注文する。夫人はバアテンダアに調合を教えて、アブサントと仏蘭西《フランス》ベルモットと伊太利《イタリア》ベルモットを混ぜて振らせて、ダッチェス・カクテルを製《つく》らせた。

二人は入江入江に遍照している夕焼けの凄惨《せいさん》な色におどろいた。卓上に運ばれた橙色《だいだいいろ》と薄茶色の二つの酒は、この光線に射貫《いぬ》かれて真紅《しんく》になった。

窓はあまねく展《ひら》かれているのに、そよとの風もなかった。伊勢志摩地方の名高い夕凪《ゆうなぎ》である。

あくる日、カップルはハイヤーを雇い、志摩半島突端の大王崎へ向かう。ホテルからさほど遠くない鵜方《うがた》の町を通り、晩夏の陽光に赤く灼《や》けた土に小松、鬼百合、棕櫚《しゅろ》の点々とした野原を歩いて抜け、波切《なきり》の漁港に着く。はるか北の岬に白いチョークを一本立てたように見える安乗《あのり》の灯台や、老崎《おいざき》の海女たちが作業の疲れを休めるために焚く火がそこかしこに立ちのぼらせている煙を眺めた。常世《とこよ》から浪の打ち寄せていると『万葉集』にうたわれた大王崎である。

案内人の老婆《ろうば》は、つややかな椿葉《つばきば》で刻み煙草《たばこ》を包んで吸っている。その年齢と脂《やに》に汚れた指は、やや慄えて、遠くかすむ国崎《くざき》の先端を指す。そこにむかし持統帝があまたの女官を引連れて舟遊びに来られ、七日のあいだ行宮《あんぐう》を営まれた由《よし》である。

ここに登場する老婆は三島のフィクションではない。小説が世に出て五、六年を経たころ、わたくしは大学での恩師である寺田透先生と波切をおとずれた。すでに批評家として高名で、つい先年、『三島由紀夫論』を雑誌『群像』に発表されたばかりの先生を伊勢にお招きして、若い年齢にありがちな恋愛のもつれについてアドバイスをいただき、あわせてそこここの美味を召し上がってもらう途次、偶然のめぐり逢いだった。

老婆の風貌は小説に描かれたとおりだが、どこか正気でないみたいな物狂おしいふしが体から発散していた。いま老婆と書いたけれど、せいぜい五十代の半ばにしかならず、おそらくつい先年まで現役の海女として生業にたずさわっていたものが、娘か孫に譲り、時間の余裕を持てあました末に、頼まれもせぬボランティアのかたちでガイドを買っていたのかもしれない。だが、その異常さは――もしくはその神々《こうごう》しさは、無学としか思えぬ本人の口から出る文句も声音も個人を超え、古代からここの海で生きてきた無数の海人《あまびと》たちの代弁者を印象づけることであった。寺田先生はともかく、夢想家にすぎない若いわたくしは、三島の登場人物をはるかに飛び越えて、柿本人麻呂の歌に出てくる大宮人も接した逞ましい女と語り合っている気分になった。

かの女は密栽培か市販かどうやら出どころのはっきりせぬ煙草を、その辺にいくらも自生している椿の葉をちぎると、節くれ立った指で器用に巻いてスパスパ吸っていた。大王崎の周辺は人も知る椿の名所で、生物学者としてのお顔を持つ昭和天皇がお微行《しのび》で散策されたこともあると聞く。その真偽は確かめ得ぬけれど、「椿」という苗字を持つ住民が目立ち、現にわたくしの高校でのクラスメートにも一人おり、上京してある医大の教授をつとめたりしている。さらに、志摩観光ホテルのレストランで有能なソムリエの地位を長く守り、ワインに関するかぎりわたくしの師匠と仰ぐ人も椿さんなのだ。

しかし、そこは目の前にある実在のものしか信じられぬ哲学者アランの後継者をもって自ら任ずる寺田先生である。さりげなく、気さくに老婆と会話を取り交わされた。相手が博学の紳士だと一瞬にして見破ったガイドは、それにふさわしい話題（と、かの女の信じるもの）へ巧みなお喋りの舵を切り替えた。

「せんせ、ドイツ語では『さよなら』を『アウフウィーダーゼン』と言うんでしょ？」

「ああ、よく知ってるね。そのとおり」

老婆はニンマリ笑むと、味をしめたか、

「イタリア語では『アリベデルチ』ですか?」

寺田先生も思わず相好を崩して、

「おやおや、ずいぶん物知りだこと。間違いありませんよ」

さいごに一発とどめを刺す感じで、

「で、フランス語は『アディユー』でいいですか?」

先生が今度は逆に聞き返す。

「あなた、それをどこで覚えましたか?」

「どれもこれもみんな、ホテルへ泊まりにいらっしゃる外国人のお客さんに教えてもらったの」

そう答えるが早いか、もはやわたくしたち二人には興味を失ったみたいに、そっぽを向くと、椿の葉を巻いた煙草を夢中になってスパスパやりだした。

バスの往還するかなり広い道路まで丘の斜面を下りつつ、寺田先生がおっしゃる。

「才能に恵まれながら三島の長編には、残念ながらどれも下敷きがある。パロディーだと思うよ」

たとえば『禁色』そのものがバルザックの『浮かれ女《め》盛衰記』の敷き写しなのだ。絶世の美青年である悠一のモデルは、美貌と文才たぐいないにもかかわらず意志の弱さで自殺してしまうリュシアン・ド・リュバンプレ。鏑木夫人は天性の娼婦エステル・ゴプセック。そして、二人の背後に見え隠れするのは悪《あ》しき智力と膂力を兼ね備えた超人ヴォートラン。三島はそれを現代日本に再生させて、すでに生前のうちに三度の全集を刊行した作家、檜俊輔《ひのきしゅんすけ》を創り出した。

文豪と呼ばれ名声をほしいままにしている檜は容貌が生まれつき醜く、異性に持てたためしがない。世の美女たちすべてに対して恨みを抱いている。たまたま知り合った悠一を傀儡として操り、手はじめに鏑木夫人をたぶらかそうともくろんだ。

長らく鎖につながれていた徒刑場を破獄したヴォートランの怨念はもっと幅広く、いってみれば社会全体を敵としている。巧みに身分をいつわり、スペイン人の神父カルロス・エレラに成りすますと、パリの文壇や社交界のど真ん中に乗りこんでくる。——そのことを指摘する寺田先生はつい数年前に自らこの長編を翻訳なさったご本人にほかならない。

やや啞然としているわたくしを悪戯っぽく眺めながら、先生はさらに言葉を継ぎ、

「『禁色』だけじゃないよ。この志摩半島の近辺を舞台にえらんだ作品に的をしぼっても、たとえば『潮騒』だって同じような構造を持ってるさ。伊勢湾口の歌島——じっさいは神島と呼ばれるそうだが——に住む、無垢な若い海女と逞ましい漁師の青年のカップルを主人公にした

近作にしても、ダフニスとクロエーの古代人の恋の匂いがする。エーゲ海の波のひびきが露骨に伝わってくる。……」

世評の高さとはあべこべに、三島には真の独創性がない。そうはっきり断定する批評家の鋭さにわたくしは戸惑い、なぜか作家というものが気の毒になってしまったことを覚えている。

寺田先生もさすがに薬が効き過ぎたと思われたらしく、ただちにいくつかの言葉を付け加えて即席の三島論を締めくくった。

「ただし、下敷きの存在が読み取れるのは長編に限ってる。『橋づくし』や『女方』といった短編小説はじつにうまい。どこからどこまでオリジナリティーに満ち、技巧的にも完璧の域に達した作品だよ。我が国はおろか、欧米の名作にも劣らない」

不粋な文学談はそこで打ち切り、二人は折りよく見つかった鰻屋の暖簾をくぐった。磯部という町に今も残る鄙びた『川梅』の二階座敷で食べた蒲焼はことのほか美味で、そののち師弟は顔を合わせるたびにあのときの楽しさを語り合った。

この折り手ほどきを受けた課外授業はいつまでもわたくしの役に立った。それから永い歳月が流れ、三島は生涯を閉じる直前、もっとも長い四部作『豊饒の海』を雑誌『新潮』に数年にわたり連載した。侯爵家の嫡子松枝清顕《まつがえきよあき》に始まり、右翼少年である飯沼勲、舞台をタイに移して月光姫《ジン・ジャン》、さいごに安永透へと生まれ変わった輪廻《りんね》の系譜は、四人ともに脇腹に共有している三つの黒子《ほくろ》のみによって辛うじてつながっていると推定される。ただし、それは証拠と呼ぶにはあまりにも薄弱で、もしかすると物語の中心にいる語り手、本多繁邦《ほんだしげくに》の死者たちへの再生の願いが生んだ、あられもなき妄想かもしれない。

しかも、選りに選って自衛隊へ乱入し自死を遂げるその朝、ようやく編集者小島千加子さんに手渡した力作にしてもまた、同じように下敷きが仄見えることを指摘せざるを得ない。四人の脇腹に見いだされた黒子――それこそまさに江戸時代の読本《よみほん》のなかで最長の『南総里見八犬伝』の構造をそっくり借りてきたものではないか。別べつの場所と家に生まれた犬塚信乃、犬飼現八、犬山道節ら八人が伏姫と八房《やつふさ》との獣姦の果てこの世に生を享《う》けた兄弟であることを証し立てるのは、赤子のころ握りしめた掌に握っていた珠だとされる。仁、義、礼、智、忠、信、孝、悌と透かし見られる字の数は八つで、『豊饒の海』の黒子より多く、その代わり人数は八人でちょうど二倍に相当する。もちろん、三島自身がそのことに気づいていたのは間違いなく、まるで謎掛けめいて読者にヒントだけを与え、生前逢った者なら誰もが記憶している、あの腹の底から湧き上がるみたいな呵々大笑とともに永遠の別離を告げたにきまっている。

メッセンジャーとしての人麻呂が三島という後継者を持ったとしたら、発信者の持統帝のおん役割を近代において担われたのは昭和天皇である。先帝は何か国家の大事に臨まれるたびに伊勢神宮に参拝され、そのあと、リラックスした時間を二見が浦の『朝日館』、賢島の『志摩観光ホテル』でおすごしになるのがご習慣となっていた。わけても後者ではホテルの背後にゆるやかに起伏する小丘陵を散策せられ、ポケットから虫眼鏡を取り出して小動物や野生植物の観察を楽しまれた。生物学の研究において専門家の域に達していらっしゃったお方にとって、粘菌やウミウシといった対象に満ちみちた環境は何ものにも代えがたかったであろうが、海と山の微妙に入り組んだ地形を愛好されたことは白鳳時代の女帝からのご遺産と思えば、何となくほほえましくなる。

さて、現在の今上陛下はといえば、志摩半島への行幸の度数は必ずしも多くはないが、生物学者でいらっしゃる点ではお父上におさおさ引けを取るわけではない。宮中三殿における祭祀はそのまま伊勢神宮に結びつくし、漁民への厚いご配慮も折りふし窺い知ることができる。たとえば軽装に身を包み、皇后さま、秋篠宮妃紀子さま、おん孫悠仁さまを乗せて小さな和船で自ら上手に櫓を漕がれるお写真が、先ごろ公表された（平成二十一年九月十四日、『日本経済新聞』）。神奈川県葉山町で撮影したものとあるが、我がふるさと伊勢で水産業にたずさわる友人たちはみな喜んでいる。

昭和のエレガンスをそのまま伝える志摩観光ホテルの建物群は、ホテルクラシックと名づけられ、今も人びとに愛されているが、このほど少し離れた位置にベイスイートが完成した。すべての客室が百平方メートルの広さを持ち、二十一世紀にふさわしい寛ぎはいかにあるべきか、従業員の叡智をしぼり追究が始まった。

伊勢海老をふんだんに使ったクリーム・スープ、でかい鮑のステーキ、舌の上でほんわかと溶ける松阪牛のフィレにシャトーブリアン・ソースをかけたこの地ならではのフランス料理ばかりか、和食をえらぶことも可能となり、少々うるさいグルメ仲間を連れて行ってもさすがに苦情を漏らす者はいなかった。

このほど今上陛下が上梓されたご著書（『天皇陛下　科学を語る』朝日新聞出版）によれば、お若いころから熱心に研究されているのはハゼの分類だそうである。ハゼは海にも川にも棲み、日本全国どこででもしょっちゅう見かける割には料理法が限定され、秋になると天ぷら屋のカウンターを香ばしく賑わすのを別にすると、佃煮の材料になるくらいしか思い浮かばない。そこでつい先《せん》だってベイスイートで夕食をとったさい、古馴染みのソムリエとしてレストランに現われた椿さんに一つの提案をした。今年はあたかもご即位から数えて二十年、それを記念してハゼを使い新たなフランス料理を工夫し、メニューに加えてはどうかと。——何にも増してハゼをお好きな陛下がお喜びになるのは確実であろう。

さて、持統さまに話を戻すと、わたくしが歴代のなかでとりわけこのお方が好きだというのには理由がある。この国に居住する農民と漁民に平等に目をくばり、統一と和合を企てられた偉大な政治家だった反面、まさに嘘も隠しもない女性そのものとして、恋敵に対するライバル意識を顕《あら》わに行動に移されたという事実だ。夫たる天武帝がご在世のあいだは抑えに抑えていらっしたけれど、その崩御後となると目を覆いたくなるほど激しさを加える。

子宝に恵まれたとはいえず、天武さまとのあいだで皇后として自ら腹を痛めたのは草壁皇子ひとりである。誕生したときのお喜びは、例によって人麻呂が文才を傾け胡麻すりよろしく歌い上げているものの、好事に魔多し、虚弱の体質のせいでわずか二十七歳にして早死にされた。ときあたかもライバル大田皇女の産んだ大津皇子が存在し、詩文にも長じ撃剣にもすぐれており、容姿も言語もぬきんでていたことと相俟って次の即位の候補となるのを期待する世論が一気に高まった。真相は闇のなかにとどまるけれど、まだご在世されるにしても病床に臥される草壁皇子の地位を安泰ならしめるために、ある種の政治的陰謀が進みつつあったのかもしれない。大津は否応なしにその首謀者に祭り上げられ訳語田《おさだ》の邸で自死させられた。

持統さまが女性の身で帝位に昇られたのは、草壁の子が次の文武天皇として即位されるまでの、いわば一時つなぎにすぎなかったのではあるまいか。しかも、それが男性の代々のおん方々をはるかに乗り越え、今まで述べてきたような目ざましい治績を実現されたのだから、まつりごとというのはまことに不可解なものと結論づけるほかない。

長いあいだ、わたくしは「鯨のタレ」を探しつづけた。しかし、いつになってもなかなか見つからない。

単なる干物ではなく、それは「タレ」でなくてはならない。なぜなら、先に述べたとおり、「タレ」という呼び方は古代にまでさかのぼり、白鳳期の藤原京へ天皇の召し上がり物としてはるばる送られた事実を証し立てるからだ。

現在では鯨は哺乳動物に分類されるが、サカナ偏をくっつけられているところからもわかるように、鮫と同様に魚類の王者と考えられてきた。いや、別名を勇魚《いさな》とも称されるごとく、鮫など足もとにも及ばぬ力強さを褒めたたえられていたにちがいない。何ごとにも目くばりの利《き》いた持統女帝が大和へ取り寄せて自ら賞味されたのは想像に難《がた》くない。

ヒントを与えてくれたのは渋谷に店をひらき、その道の専門家として名声の高かった『くじら屋』のオーナーである。わたくしは駒場の教養学部のころからそこの常連で、ランチとして空揚げや尾《お》っぽの刺身をパクつくためにかよった。たまに懐《ふとこ》ろに余裕があると、水菜を入れた熱あつの鍋を注文したりもする。貧しい学生の素朴な質問に対して、オーナーは相好を崩して、

「じつは、ひとつ手掛かりがあります。そのうちお教えしますよ」

と言ってくださった。ところが不幸にも思いもかけぬ病いにかかり、まださほどの齢でもないのに急逝された。

出逢いは突然、つい我が家族のうちからもたらされた。建築の設計師に嫁いでいる長女のS子が夫の仕事を助け、まったくの偶然から千葉県の小湊をおとずれた。そこはもともと捕鯨の基地として名のとおった漁港で、あわせて潜水して魚介を捕る海女の本場でもある。考えてみればいずれの条件から比較しても、志摩半島とそっくりではないか。

ふだんから血眼《ちまなこ》になって鯨の干物を探し回る父親の姿を記憶の隅に留めていたか、S子は、房総の旅より帰るなり、

「ほら、お父さん。これ、お土産よ」

と小さな包みを差し出した。たいして期待もせず紐をほどくと、矩形のボール箱があらわれ、その表面に「魚介乾製品――くじらのたれ」と書かれているのが目に飛び込んできた。わたくしの歓喜雀躍――手の舞い、足の踏むところを知らぬありさまは言うまでもない。してやった

り、と共に声を合わせて笑った末に、二人でたまたま飾り棚に眠っていた秘伝の古酒で乾杯した。

甘いような、辛いような、特有のかおりを発散せる魚肉――いや、獣肉のかたまり。とにかく旨い。

わたくしのごつい手と、S子の細い手が争って箸をうごかす。ところが気がつけば、手は二本だけではない。さらに二本の腕がそこに加わっている。志摩半島の海女の日焼けした浅黒いそれと、飛鳥京で女官をつとめ女帝の行幸のお供を命じられ舟遊びした古代美女のむき出しのそれと。

水潜《くぐ》る　白き腕《ただむき》
鮫を釣り　鯨《いさな》も捕らふ
たおやかなる　指《および》の業《わざ》よ

労働をたたえる歌声が、狭くるしいわたくしの書斎にひびき渡った。

五　『死霊』の鼻づまり

敗戦のあくる年、わたくしは生まれ故郷で中学三年生だった。深い杜を幾重にもめぐらした伊勢神宮の境内にもところどころ爆弾が落ち、人口十万足らずの街並みは八割がた焼けただれたなかに、半ば露店めいた本屋が店を並べ、そこにヘラヘラの粗悪な紙に印刷された『近代文学』という雑誌が出ていた。何の気なしに手に取ったついでにページをはぐると、長編小説の冒頭らしい文句が目にとまった。それが思いがけず、お世話になる埴谷雄高さんとの縁の始まりであった。

最近の記録には嘗て存在しなかったといわれるほどの激しい、不気味な暑気がつづき、そのため、自然的にも社会的にも不吉な事件が相次いで起った或る夏も終りの或る曇った、蒸暑い日の午前、××風顛病院の古風な正門を、一人の瘦せぎすな長身の青年が通り過ぎた。

青年は、広い柱廊風な玄関の敷石を昇りかけて、ふと止まった。人影もなく静謐な寂寥たる構内へ澄んだ響きをたてて、高い塔の頂上にある古風な大時計が時を打ちはじめた。（埴谷雄高『死霊』講談社。以下同じ）

そこまで立ち読みしただけで目が放せなくなり、さらに進んで、その背の高い青年が病院の内部で若い医師にめぐり逢い、かれから時計の由来を教えられる部分に到ると、すっかり魂を奪われてしまった。ポケットに残っている乏しい金を摑み出し、露店商の手に握らせた。

——貴方はあの時計台を御覧でしたか。

と、若い医師は、少女達に聞えぬほどの低い声で呟いた。

——此処からはっきり見えませんが、あの時計の文字盤には十二支の獣の絵が描かれています。長年この病院にいた一人の偏執狂があの時計の内部を製作したんです。（中略）彼はつまり、天空に祈りながら、永遠にとまらぬ時計を製作しようと目論んだのです。（中略）勿論、それは躓きの石でした。然し、自然は永久運動ではないか——と喝破した先人の言葉が、彼の脳裏に深く刻みこまれてしまったのです。（中略）彼は苦心の果、非常に精妙な共鳴盤とぜ、ん、ま、い、を製作して——時を敲つ震動が微妙にぜ、ん、ま、い、へ作用し、絶えざる充足が行われるように、工夫を凝らしたんです。

ほとんど理屈も何もなく、「これだ！」と胸のなかで叫んだ。それから毎月、新しい号の出るのを待ちかねて『近代文学』を買いもとめた。

東大に入学し上京すると、詩人志望の渋沢孝輔、評論を書きはじめている篠田浩一郎と同人誌『XXX（スリー・エックス）』を創刊した。仏文科の渡辺一夫主任教授が埴谷さんと親しいことがわかり、紹介の労を取っていただいた。

お宅は井の頭公園と前進座劇場の中ほどの吉祥寺の住宅地に、いかにも「洞窟の隠者」めいてひっそりと暮らしていた。わたくしは長年頭のなかに積もりに積もった幼稚な感想を、初対面の長上への慎みも忘れてペラペラと喋りまくった。

背の高いハンサムな作家は表情を緩め聞いていたが、不遜を咎め立てすることもなしに、

「いやぁ、よく読んでくれたね。君みたいな若い人がしょっちゅう訪ねてくる。でも、たいていは消化不良か、時にはまるきり正反対の意味に誤解されてることも多いよ」

そう呟くと、奥さんに命じて隣室からトカイという東ヨーロッパの白ワインを運んで来させ、

三人のグラスに自ら注いでくださった。

埴谷さんの口数の少なさとは対照的に、もと新劇の女優あがりだという奥さんは、かなり饒舌な美人だった。話し相手は人間のみならず、小鳥にまで及び、その折りにもワインの盆に便乗して侵入すると、すばやく応接間の入口間近に腰かけたわたくしの肩へと一羽が飛び移った。鳥の種類についてまったく詳しくないが、恐らくインコか何かではあるまいか。

「坊や、お客さまにおイタしちゃいけませんよ。もし、あなた、ウンチを引っかけられるといけませんから、これを肩にお掛けあそばして」

わたくしは命じられるままに、手渡されたタオルを両肩にダラリと垂らした。

埴谷さんは苦笑しつつ、二人のやり取りを傍観していたけれど、奥さんの姿が室外に消えるのを待ちかねていたように、

「いや、済まないね。小鳥たちを我が子だと信じてるんだ。誰が来ても、このありさまさ」

と、声をひそめて言いわけした。

作家によると、人間は神によって創造されたものの失敗作だとおっしゃる。したがって我々にとって最大の愚行は、子どもを産んでその失敗を繰り返すことだ。奥さんとの結びつきは戦前の非合法共産党員のころ、官憲の目を盗んで連絡場所として立ち寄った上野不忍池のほとり

の喫茶店でホステスをしていたシンパ女性といつしか深い仲になった。おかげで結婚式もハネムーン旅行もおこなう余裕はなかったけれど、深く愛し合っている。たびたび妊娠したにもかかわらず、そのたびに中絶させてきた。奥さんは止むを得ず、小鳥を我が子としていつくしむに至った。

吉祥寺の周辺には『近代文学』の同人がたまたま多く居を構え、折りからの文学全集ブームの潮流に煽られて、作品も大部数売れるようになってきた。埴谷夫人は当時の主婦としてはかなりアルコールを召し上がるお方で、配達された新聞を広げ、新刊広告に目を通されると、「おや、まあ、今度の○○書房の日本文学全集には、野間宏さんも武田泰淳さんも一冊ずつ収められてらっしゃる。それに反して埴谷の『死霊』はまたもや無視されてしまった。自家《うち》はもう駄目だわ。今度という今度は、どうしようもない」

声高に呟き、グラス一杯のビールをものの見事にグイッと呑み干される。すぐ傍ではご亭主が無言のまま苦笑を浮かべつつ、白ワインをチビリチビリ嘗めるといった情景が繰り返された。

吉祥寺のお宅は、かつて台湾の砂糖会社の重役をつとめられたお父上が建てたかなり宏壮な建物だ。鰻の寝床めいて細長い敷地を半分ずつに仕切り、表側にご夫婦で住み、裏側は売り払った。さらに奥さんは近所の娘たちを集めて華道を教え、家計の助けとして奮闘されていた。

ところが昭和四十三年ごろから、意外や意外、『死霊』が爆発的に売れだした。安田講堂の騒ぎにシンボライズされるように、若い人びとの価値観が変わり、世のなかの方がようやく埴谷さんのレベルに追いついてきたからではあるまいか。

「このごろ、出版社からびっくりするほど大金が振り込まれてくるよ。慣れぬこととて何に使っていいのか、さっぱり分からない。渋沢君から聞いたところじゃあ、君は齢の若いに似ず、なかなか食通だっていうじゃないか。これから時折りグルメの会を催したい。まず、第一回はどこへ行こうかね?」

持ちつけぬ金を持つと、どうもソワソワ落ち着けぬといった風情で、わたくしを捉えてそんなことをおっしゃる。世のなかには変わった悩みもあるものだ——と、内心呆れながら、こちらも真面目に反問した。

「埴谷さん。あなたは物の匂いを敏感に嗅ぎとれますか? グルメの道に分け入るためにはお金だけあったって不充分です。鼻づまりでないことが絶対に必要ですからね」

中世的なデモノロギー(悪魔学)から最新のコスモロギー(宇宙論)に及ぶ博識に反して、この大作家には二つの要素が欠けているような気がしていた。その一つは味覚であり、それというのがもしかすると匂いの感覚が備わっていないせいかもしれない——と、前々からわたくしは邪推に捉われることがあった。埴谷さんは若僧の失礼な言い分に腹を立てせず、いったん返答を留保され別れた上で、数日するとハガキをよこされた。

そこには、

「とくに嗅覚が鋭いという自信はないけれど、さりとて人並みより鈍いとも思わない」

と、達筆でしたためられてあった。

渋沢、篠田を誘い、四人が雁首を揃えて手始めに上野広小路へ向かった。わたくしが昔から顔見知りの『本家ぽんた』。ウィーナー・シュニッツェルという子牛カツレツを手本に先代が考案したとんかつに、アメリカ・ペンシルヴァニア州から取り寄せたトマト・ケチャップとドロリとした和風ソースを半々に掛けたもののほかに、ここ独特のビーフ・シチューができるだけ。メニューを一瞥するなり、埴谷さんは、

「なんだ。とんかつ屋か」

と不平そうに鼻を鳴らしたが、下町流に箸にはさみ、ひと口嚙まれるや否や、

「おや、こいつは旨い！」

と歓声を上げ、そのあとは無言でパクつかれた。

第二回は赤坂へ行った。東急ホテルのロビーで落ち合い、三業地のまっただなかに店を構え

ている『与太呂』で夕食を摂った。

「ああ、ここかね。開高健君に誘われて、一度だけ来たことがある」

本店は大阪の高麗橋にあり、関西出身の開高さんが案内したものだろう。ここでは最初から苦情を漏らすこともなく、鯛の刺身から始まり、一尾まるごと土鍋に埋もれるみたいに炊きこんだホッカホカの瀬戸内めいた混ぜご飯まで舌鼓を打った。

二度、三度と重なるにつれて、埴谷さんの出費は莫迦《ばか》にならない額に達したはずだ。でも、わたくしは辛抱強く次の機会を狙っていた。というのも『死霊』には味覚、嗅覚のみならず、いまひとつ肝腎の要素が不足しているように思われたからである。

それは色彩だ。埴谷さんは恐るべき映画ファンで、『カリガリ博士』や『鉄路の霊魂』をはじめ目ぼしい作品はことごとく見てらっしゃる。それも我われ凡俗が主役か、せいぜい脇役の名を覚えているきりなのに、大道具、小道具から照明係まで裏方で苦労している人びとのひとりまで何の間違いもせずに諳《そら》んじている素晴らしさだ。『死霊』には映画館の暗闇でスクリーンに瞳を凝らすのに似た不思議な読後感が付きまとうが、敢えていえば白黒映画に較べるしかない。戦後のカラー映画に育てられたわたくしなどには、ここに色彩が加わったらどんなに素敵だろうか——と、つい無いものねだりをしてしまわずにはいられない。

それというのが埴谷さんの文学の師はエドガー・アラン・ポオだからだ。ポオはアメリカ人でありながら、故国をほとんど舞台にえらばず、実際には行った経験もないヨーロッパに材を取りつづけた。むろん白黒の写真しか存在せぬ時代に生きたせいで、色彩が背景から抜けているのは仕方のないことだったろう。いや、違った。ほんの一つか二つ、例外的な傑作もある。たとえば『赤き死の仮面』。短編小説を通り越して、今日流にいうとむしろショート・ショートの部類に入れるべきかもしれないが、長編に匹敵するガッシリした骨組みを持った文学史上の奇跡だろう。

東山の北山の緑に囲まれた京の庭、祇園の枝垂れ桜、高尾の紅葉のまっただなかに大作家を連れ出せば、未完の長編に新たな要素が付け加わるのではなかろうか。——若さの浅慮にドン・キホーテ的勇気が拍車をかけて、恐るおそる次回の食べ歩きの場所として京への三、四泊の小旅行を提案した。埴谷さんは意外や都内に固執せず、一も二もなく賛成された。

いつもの四人のメンバーは東京駅に集まり、修学旅行めいた賑やかさで新幹線に乗りこんだ。埴谷さんはきめられた時間ごとに持参の心臓薬をのみ、合間には白内障の目薬をさしつづけた。

京都駅前のタワーホテルに部屋をとる。まっさきに三十三間堂の向かい側にある『わらじ屋』に赴き、遅めの中食にありついた。かつて豊臣秀吉をまつる豊国神社の参道で、人びとがわらじを軒端に吊り下げて目じるしとして食事した古い店とあって、東京の蒲焼とは趣きの異なった鰻入りの雑炊を売り物にしている。

空腹が満たされると、宮内庁へ所定の手つづきをして申し込んである洛北の修学院までタクシーを飛ばす。わたくしの考えではブルーノ・タウトの筆で一躍有名になった桂離宮をはるかに凌駕して、皇室関係の庭ではここが一番だ。

そのあと、ただちに南へと下り、京都御所に隣接した仙洞御所を見学する。今上として国政に責任を有した代々の天皇も、あとの方に譲位すると、いわば長生きを願う仙人となり、儒教から道教への転換がおこなわれる。豊多摩刑務所の独房でマルクス・レーニン主義を捨て転向された埴谷さんこそは、まさに一種の仙人ではなかろうか。

修学院でも仙洞御所でも大作家は終始ご機嫌で、携えてきた性能のいいカメラをしきりに動かし周囲の物を撮りつづけた。比叡山の中腹へ這い上がる、人工と自然の境界すら定かならぬ翠巒《すいらん》。真っ青な池水と、そこを自在に身をくねらせて泳ぐ育ちのいい緋鯉。埴谷さんがこんなにも写真好きだとは、これまで想像だにしなかった。でき上がるのはカラーだろうか、それともやはり白黒だろうか。じかに質問するよりは、すべて東京に戻ってからのお慰み、ということにして、若い三人は互いに笑いをこらえながら、二、三メートルあとをお供して歩いた。

夕闇が迫ると、ふたたび築百年を超す古い料亭の閾《しきい》をまたぐ。四条大橋のひとつ下流に位置する団栗《どんぐり》橋。その袂に、時代劇に出て来そうな鳥料理の店。残念ながらその後間もなく廃業となったが、柱には幕末のころの刀や槍傷も生々しく残り、坂本竜馬が何度かしゃもも鍋で飲みに来たと聞いた。

そこで下地をこしらえたあと、先斗町《ぽんと》までフラフラと歩き、おばんざい（惣菜）をカウンターに並べた『ますだ』で二次会。サルトルがボーヴォワールと仲よく肩を並べ、人文書院の編集者に案内されておとずれた話を、おたかさんから興味深く伺う。向かい側の席には、東京より偶然来合わせた篠田正浩監督。ここは京における映画関係者の集まるところでもあり、お内儀《み》は生前の内田吐夢に岡惚れしているともっぱらの噂だった。じっさい、その後数年を経て急逝したとき、戸籍上の夫人の快い承諾を得て、おたかさんは嵯峨の同じ古刹の、内田さんの奥津城に程遠からぬ墓域に終の棲処《すみか》を与えられたよし。お喋り好きはいいとして、興に乗れば、客の背中を相手かまわず平手でドンとどやしつける。若い三人はことごとくその難に遭ったけれど、さすが埴谷さんには無言の威容に気圧されてか、手を振り上げる非礼はなかった。

あくる日は、定番のコースとして清水寺へ出かける。音羽の滝を望む茶店で憩い、埴谷さんは床几に腰を下ろしたまま、絵ハガキにペンを走らせる。宛てさきは成城の大江健三郎さん。

まだ子どもながら音楽の才をきらめかせ始めたご令息、光さんの安否を尋ねる内容とお見受けした。若い作家たちのなかでは大江さんをひときわ重んじていらっしゃる。餅菓子を頰張りつつ、さらに閑談。

「あの長い『大菩薩峠』をようやくおしまいまで読みとおしたよ」

とおっしゃる。でも、あれは確か「椰子林の巻」で未完のまま終わったはず。予定する「釈迦と大雄の対話」まで構想は繰り返し聞いているにもかかわらず、ひょっとして『死霊』もやはり中里介山の長編のごとき運命を辿らねばいいが……。不吉な思いが、餡この甘さとは裏腹のほろ苦さを咽喉の奥に立ちのぼらせる。

夜は祇園新橋のほとり、舞妓のナンバー・ワンに達しながら一本の芸妓になるのを回避してバー『絹《かつ》』を開いた市子さん。隣家には八坂小学校からの同期で、ノートルダム女子大を出てお茶屋をいとなむひろ子さん。ここはモルガンお雪の実家『加藤』として世に知られ、わたくしも長編小説『銀狐抄』を書くさい、しげしげお邪魔した。ひろ子さん、市子さんは二人ながら生前のお雪を親しく見知っており、大徳寺の門前に隠栖する妖艶なアメリカ帰りの老女にかわいがられた。

東京から来た大作家として紹介すると、市子さんは、

「おや、じゃあ、このお方が三島由紀夫さんどすか?」

と目を丸くされる。三島さんはつい二、三年前に自裁されたばかりなので、わたくしは答えに窮していると、埴谷さんは少しも騒がず、

「いや、ぼくは三島ならぬ、四島ですよ」

と、引き取って答えてくださる。

市ヶ谷の自衛隊で割腹するほんの一、二年前、ある雑誌において埴谷さんは三島と鼎談をなさった。文芸評論家の村松剛はわたくしよりかなり年上だが、仏文科の大学院では同クラスになった。三島と思想傾向が似ており、ほとんどその解説者かお小姓のごとき趣きを呈していた。その鼎談のなかでは三島、村松の二人が口を揃えて、

「作家というものは若死にしなければならない。たとえばレイモン・ラディゲのように……」

と居丈高に叫ぶのに対して、埴谷さんはただ独り慌てず、どこ吹く風と受け流し、

「いや、作家はできるかぎり長生きすべきだよ。九十か、百歳まで……」

と、平素からの持論をとうとうと述べつづける。例によって博学に裏づけられたロジックに隙間がなく、勝負は付かねど、判定勝ちと見受けられた。

あとで三島と村松は二人きりになってから、

「煙《けむ》に巻かれちまったな」

と嘆息を漏らし、慰め合ったという。

もしかすると、その折りの余熱がいまだ冷《さ》めやらず、埴谷さんは四島由紀夫という実在せぬ奇妙な作家を演じつづけたのかもしれない。市子さんもさすがに気づいたらしく、変な顔をしたけれど、そこは座談のコツを摑んだ祇園のお内儀のこととて、たちまち調子を合わせてくれた。それからは丁々発止、埴谷さんとのやり取りの見事さはまことに聴きものだった。

ホテルにもどる途中、思い切って、

「どうしてあんな冗談をおっしゃったのですか？」

と尋ねると、

「いや、三島の死があまりに世のなかに影響を与え過ぎているので、いわば毒消しのつもりでやってるんだよ」

と、半ば冗談っぽく、しかし半ば真剣にお答えになった。

グルメを手ほどきするなどと偉そうなことを言いながら、じっさいにいろいろ教えられたのはわたくしの方だった。

「きみは具体的な情景の描写が未熟だよ。たとえばぼくの『死霊』みたいな哲学小説でも、風のそよぎ、木の葉のこすれる音をまざまざと再現しなきゃならない。武田泰淳君の作品などが手本になるんじゃないか」

とか、

「一冊の小説を書きはじめる前には、必ず一冊のノートを取った方がいいよ」

とか、手を取るように指導してくださった。お言葉に甘え、東京に戻るとすぐ、我ながら出来の良くない習作を吉祥寺のお宅に持ちこんで、ずうずうしくも読んでいただいた。

そうこうしている間にも、わたくしはやはり効果のあらわれるのを待った。貴重な執筆時間を盗んで、億劫がりの大作家を京まで引っ張り出したのだから、何らかの影響があらわれないはずはない。

しかし、目論見は空しくはずれ、『死霊』の続編に変化の萌しはなかった。映画でいえばカラーではなしに、依然として白黒のままなのだ。どうしたのだろうか？

遅咲きだったわたくしにもようやく春がおとずれ、奈良大仏の鋳造を幻想的に描いた『浮游』によって新潮新人賞を受けた。埴谷さんからは過分のお褒めにあずかったが、奈良と目と鼻の距離にある京への旅は果たしてどうなるか。渋沢と顔を合わせるごとに、

「あれはぼくらにとって一生抱いて行くべき、ダイヤモンドのごとき思い出になったな」

と嘆息を漏らし、具体的なシーンをひとつひとつ反芻するのが常だっただけに、内心の思いは強まって行くばかりだ。
数年の休載をはさんで、雑誌『群像』に第八章「月光のなかで」が発表された。その冒頭を読んだとき、わたくしは思わず、「あっ!」と小さく叫んでしまった。

それは素晴らしく幻想的な蒼白い月光を浴びた大運河の晩夏の夜であった。大運河のすべての水面を目立った隈ひとつなく覆い拡がっている蒼白い月光は、一枚の幅広く長い長い長く薄い、軟らかな絹を下方に敷きつめて、果てもない果てへまで遠くつらなっているように見えた。(『死霊』八章　講談社。以下同じ)

なるほど、ここに舞台として取り上げられた大運河は、読者にとって初めてのものではない。埴谷さんが若き日、非合法の共産主義運動に従事していたころ、都内でもとりわけ貧困のすさまじい地区と考えられていた江東地帯——そこに何カ所か設けられたセツルメントがしばしば描かれたのは誰もが知るとおりである。そのことからすると、これは隅田川沿いの風景と推定されるだろう。

しかし、待てよ。読み進めると、少し先には、

そこは、まことに驚くべきほどの暗示と予感を秘めた幻想的な暗い森のつらなりであった。そして、その暗い森と一筋の蒼白い月光の融合した不思議な樹木の死の響きの漂よってくる幅狭い道の果てに、蒼白い月光を全面に浴びた、いわば暗い森の奥に長く長く隠れていたかのごとき秘密の休閑地が、あの蒼白い月光を下方から揺らめき「上げている」幅広い河とはまったく別種の異なった深い霊性を帯びた世界のごとく、現われてきたのであった。

ここまで来れば、深川とは縁もゆかりもない。隅田川沿いにはこんな深い思索を導きだす深い森などなく、それはむしろ西田幾多郎を育くんだ京にこそふさわしい。狂言『月見座頭』などの例を持ちだすまでもなしに、老若四人がひとかたまりになって散策した下鴨の近辺、糺《ただす》の森の記憶を呼びおこさずにはおかない。川にしても鴨川、桂川、宇治川は言うに及ばず、夜ごとその水面を照らしつづける月光が瞼の裏によみがえってくる。ああ、良かった！　ああ、京への旅はけっして無駄ではなかったのである。

その後ほどなくして、あんなに頑健と見えた奥さんが突然に病死した。かなり年上だった埴谷さんは、それなりに用意をされてはいたけれど、すべては自分が先に他界することを前提とされ、寡夫《やもめ》として生き残る事態は予想していらっしゃらなかった。既成の宗教とは隔絶され、無神論で精神的に武装された大作家は、むろん葬儀など営もうとはなさらない。でも、そこはさすがに首都東京の便利なところで、不信心者を主として顧客とする葬儀社が存在し、おまけに講談社はじめ関係の深い出版社から手伝いの人びとが吉祥寺のお宅に詰めかけて、作家の知らぬ間に埋葬その他の手配をしてくださった。

喪主ご本人にはやるべき仕事がなく、庭に面した一室で欠伸を嚙み殺していらっしゃるのを慰めようと、渋沢、篠田とわたくしはさんざん無い知恵をしぼったあげく、奥さまの生前ご好物だったメロンの籠盛りに黒いリボンを付けて携え、恐るおそる弔問した。喪主は意外にもたいそう喜び、ふつうのおとむらいの挨拶は抜きに、京での数日間の楽しかった思い出を口角泡を飛ばして喋り合った。我々にとってと同様、大作家の心にもダイヤモンドに匹敵する印象を残していることが、何にも増して嬉しかった。

「月光のなかで」は長大な『死霊』のなかでも最も美しい部分である。いや、それに留まらず、肩の凝る哲学小説の全体を解きほぐし、比類なき視覚的な悦楽を与えてくれる点よりすれば、世界文学のいくつかの傑作に比肩するだろう。第八章あるだけでこの長編は五十年、百年先まで読み継がれるにちがいあるまい。ということは、うまくすればポオやドストエフスキイに劣らず、ほとんど永遠の生命を保つと思われる。

そんな感想を抱いたわたくしは、奥さまの冷たい亡骸の安らかに横たわる枕もとで、場所柄もわきまえず、つい正直に口にしてしまった。

「真に創造ということのできるのは神だけで、百点満点を達成している。それに比べると、天才と呼ぶべきポオ・ドストエフスキイが九十点、ぼくの『死霊』はせいぜい六十点、きみの『浮游』はどうにか二十点か三十点というレベルかね」

平素そうした厳しい自己評価をなさっている大作家も、このときばかりは目もとを皺くちゃにしてほほえまれた。

最近では、石油などの化石燃料の有害が喧伝され、太陽エネルギーの優位性が持て囃されている。その比喩を借りれば、埴谷さんはけっして太陽の力を借りようとしない。敢えていうと月光のエネルギーのみで永久電池を設計し、数千枚を書きすすめてきた自負がかれを支えている。

そうした困難な道の先駆者は言うまでもなく、ポオであろう。わけても埴谷さんに多大の啓示をもたらしたのは、長さからすれば数十枚にしか達せぬ短編小説『メエルシュトレエムに呑まれて』にほかなるまい。

ノルウェーの水夫たちがメエルシュトレエムの大渦と呼んで恐れる漏斗《じょうご》の形に似た海水の動きのなかに、心ならずも引きこまれた体験談である。


月の光は深い淵のどん底まで照らし出しているように見えました。だが、そこには濃い霧がすべてのものを立ちこめているので、まだなんにもはっきりとは見わけられません。そしてこの霧の上に雄大な虹《にじ》がかかっていて、回教徒が『時』と『永劫《えいごう》』をつなぐただ一つの道といっているあの狭い危うげな橋のように見えます。この霧というか飛沫というか、これは漏斗の大きな壁が底で一つになるときに衝突しあっておこるものにちがいないのですが、この底から天にもとどけとわきあがる叫び声はとうてい口では申しあげられません。

上の泡の帯からほんものの淵に最初すべりこんだときには、よほど傾斜面をすべりおちたのですが、その後の落ちかたはそんなにひどくはない。ぐるぐるぐるぐる押し流される――

それが規則正しい運動じゃない——揺れる、突かれる、目がまわるようで、あるときはたった二、三百ヤードしか進まないと思うと、あるときには渦を一気にほとんど一まわりしてしまうといった調子です。一まわりごとに下の方に移ってゆくのは急ではありませんでしたが、はっきりとみとめられました。（小川和夫訳『ポオ全集』第二巻　東京創元新社）

埴谷さんにとって人生とは、つまり、この巨大な渦に巻きこまれることにほかならなかった。そしてそこで覚える眩暈《めまい》のありさまを詳細に記述することこそ『死霊』一編を書きつづけるモチーフだったのであろう。

わたくしと二人きりになったとき、時折りお漏らしになる言葉よりすると、すべての芸術家が多かれ少なかれそうであるように、若き日の埴谷さんもやはりアナーキストだった。しかし、昭和初期という時代の風潮に乗せられたせいか、かれはレーニンの著作『国家と革命』を読み、一時的に無政府主義を通り越してマルクス主義の信奉者となってしまった。

台湾製糖という国策会社の重役だった父上のもとで育ったかれには、バタ臭いヨーロッパ風の上品な生活習慣が身に付いており、プロレタリア革命はもともと似つかわしくない。東京であれ京都であれ大通りから一歩横丁へ踏みこむと、あちらにもこちらにも貧しい長屋がひしめ

き、物干し竿につるした赤ちゃんのおしめがハタハタと風に揺れている。庶民にとっては日常見馴れた情景だが、

「あれがいやでいやで仕方なかった」

と正直におっしゃる。いわばそうした自己を否定する目的で、非合法共産党に入った。だが、そこは期待していた階級なき社会とはほど遠く、委員長や少数幹部の命令に唯々諾々と服従する階層的集団でしかなかった。

転向を誓って牢獄から解き放たれた日を境に、眼前の社会はまったくそれまでと違うものとなった。

「おれはおれである」

と気軽に言えなくなった。最初の「おれは」と、あとの「おれである」のあいだにどうしても跨《また》ぎ越すことのできぬ深い淵が横たわる。日々を生きるとは、ノルウェーの水夫が木の葉のごとき軽舟に乗って、眩暈に耐えつつ、渦の底に転落するのを食い止めようとする努力の連続である。何たる苦しさ！　しかし、見方を変えれば、そのなかには何ものにも代えがたいスリルと喜びがひそんでおり、たぐい稀な美しさが作家を恍惚とさせてくれもする。

『死霊』全編の扉に刻まれた献辞、

悪意と深淵の間に彷徨いつつ
宇宙のごとく
私語する死霊達

は、何に捧げられているのか？

全能でありながら、こんな宇宙という失敗作を創ってしまった「神」への供物である。

大学の恩師であり、埴谷さんとも昵懇《じっこん》だった文芸批評家の寺田透はしばしばわたくしに語った。

「『死霊』のテーマは、『どんな虚妄な仮説から出発しようと宇宙全体が説明できる——ってことだよ」

もっとも本当らしくない仮説。生きていると見えるものは悉く亡霊である。敢えて名づければ「宇宙亡霊説」。それが真実であることを証明する思考実験。失敗するか、あるいは中断されるにきまっている数十年にわたる努力。

たとえひとときにもせよ、青春の日に唯物論を信じた自己に対する埋め合わせ。しかも、マルクスとは完全に縁を切ることは叶わず、作品のなかには左翼の痕跡が濃厚にとどまって不協和音をひびかせている。

あまつさえ、ロシア文学の耽読がもたらした『死霊』という題名は、否応なしにドストエフスキイの『悪霊』を連想させずにはおかない。少数の革命家の集団に起こった内ゲバとリンチ。スタブローギンの自殺がそこに加わると、この知恵の輪はいよいよほどき難くなる。

実のところ、マルクスは作品の成り立ちに不要だった。いや、さらに一歩踏みだせばドストエフスキイすら排除すべきだったかもしれない。

主たる獲物は「宇宙亡霊説」ひとつにしぼって欲しかった。ポオの後継者として「メエルシュトレエムの渦」を徹底して泳ぎ切っていただきたかった。そして、最終章「釈迦と大雄の対話」に辿り着き、生きる苦しさに打ち拉《ひし》がれるわたくしたちに、二十一世紀にふさわしい悟りをひらかせて貫いたかった。

六　獺《かわうそ》の涎《よだれ》を垂らす伊勢饂飩《うどん》

江戸日本橋から京の三条大橋まで途切れなくつづく東海道が、ただ一カ所、熱田（名古屋市の南部）と桑名のあいだだけは陸路を失い、七里（二十八キロ）の渡しの舟旅となる。木曾、長良《ながら》、揖斐《いび》の三つの大河がかたちづくる湿地帯に阻まれ工事が困難だったためだろうが、ここを境に、喋られる言葉も関西方言と東国風とにはっきり二分され、日本文化の分水嶺としての意味も備えている。

桑名で舟を下りると、そこはお誂え向きの白砂青松。まるで数百年をひと飛びにタイム・スリップしたみたいな海辺の城。松平氏の築いた石垣が汀《みぎわ》すれすれまで石垣を聳え立たせ、歌川広重えがく保永堂版『東海道五十三次』シリーズ中でも名品の誉れ高い風景が、二十一世紀の現在もなおそっくりそのまま生き残っている。その傍《かたわ》らを散歩するたび、日本に生まれた幸せをつくづく嚙みしめずにはいられない。

渡船はさすがに姿を消しているけれど、天災など非常の場合には、誰の発案か先祖の知恵が息を吹きかえし、ごく稀に復活するのは嬉しい。近いところでは昭和三十四（一九五九）年、伊勢湾台風によってＪＲと近鉄、さらに国道が水没して使用不能に陥ったとき、僅かな期間にせよ船便がよみがえった。わたくしはたまたま故郷の伊勢市に居を定め、慣れぬ商売にたずさわり苦労していた折りなので、ポンポン蒸気に乗せて貰い、波濤のおさまったばかりの海上からの眺めをいっとき楽しむことができた。

お城のすぐ下からは漁獲量が減ったとはいえ、いまだに春のころには白魚のとびきりおいしいのが網捕りされる。同じ三重県に属する伊賀盆地で生まれた芭蕉も当然ながらそれを好み、

　　雪薄し
　　白魚白きこと一寸

と名句をものしている。

さらに十返舎一九のユーモア小説『膝栗毛』になると、江戸っ子の弥次郎兵衛、喜多八は食い意地も張っており、

七里のわたし浪ゆたかにして、来往の渡船《とせん》難《なん》なく、桑名につきたる悦びのあまり、めいぶつの焼蛤《やきはまぐり》に酒くみかはして、……(『東海道中膝栗毛』『日本古典文学大系』岩波書店。以下同じ)

とあるとおり、蛤を殻に入ったまま浜に散る松葉で焼いたものをツマミに空腹を満たす。渚からJRと近鉄の駅に通じるメイン・ストリートの両側には、現在もやはり郷土料理をひさぐ店が軒をつらね、

桑名の殿さん　ヤンレ
ヤットコセー　ヨーイヤナ
桑名の殿さん　時雨《しぐれ》で茶々漬け
ヨーイトナ

と囃し立てる三味線と共に、生姜と山椒を加え佃煮にした大粒の蛤を競って売る。まあ、潮の香ただよう城郭に君臨する大名の身であれば、三度の食事に飽きもせず蛤の茶漬けを生涯絶

やさなかったのはむべなるかなと納得せねばなるまい。

揖斐川の河口を望めるところ、真水と塩水の程よく混じる辺りに『船津屋』という老舗の旅館がある。歴史の重みを感じさせる敷居をまたぐすぐ傍らに、石に刻んだ久保田万太郎宗匠の碑がうずくまり、躍るような字体でいわく、

獺に灯《ひ》を盗まれて明け易き

こちらはもはや弥次喜多の滑稽ではなく、泉鏡花からの引用であることがわかる。生前の幻想的作家は『三田文学』とのかかわりが深く、その主宰者然とした地位を占める万太郎も『歌行燈』をむさぼり読んだにちがいないから。

旅のつれづれを慰めようと川辺の窓に靠《よ》りかかれば、視線の落ちる真下は果てしも知れぬ葦原が広がる。つい敗戦のころまでは葦を分け水を泡立たせて、獺の姿がフト見かけられた。わたくしの幼い時分ですらそうであったのだから、鏡花の泊まった明治四十三（一九一〇）年まで遡ったら、なおのことだろう。いや、フランスの田舎ブルゴーニュなどにルートル（ヨーロッパ獺）の棲息して痕跡を語るときの、かの国のエクリヴァン（ライター）の嬉しげな様子とい

ったら喩えようがない。バルザックの遺作『農民』を活気づけているものは、まさしくルートルなのだ。『歌行燈』を動物マークでシンボライズするのがニッポン・カワウソであるのとまったく同じだ。

船津屋の風趣にのめり込んだのは明治の文人とは限らない。精確な名前をしるすことは差し控えておくけれど、ほんの二、三十年前、中央政界の大立物でさして用もないのにこの片田舎の和風旅館を足繁くおとずれる人の噂が、地もとの雀たちのあいだで囁かれた。二世、三世の多いこの国の議員であってみれば、当人はもはや世を去って久しいとはいえ息子や孫が議員バッジを付け活躍している。その人びとにとっては初耳で、むしろ艶福家だった先駆者を偲ぶよすがとなるかもしれない。

その大物政客ははた目には権勢比べるものなし、と映ったけれど、世の倣《なら》いに漏れず心の底には癒やしがたい挫折感を抱いていたのではなかろうか。保守陣営の全盛期にさしかかっていただけに、支配政党の次の総裁に誰がえらばれるか、虚々実々の策略が繰り返されたあげく、長老格の介入によってトンビに油揚げをさらわれた。大物があまりにも策略に長《た》けており憎々しげな風貌を備えている割には、財界からの金集めが下手で長老の心を傾けるには足りなかったらしい。

永遠に副総理格にとどまる前途に疲れ果てたとき、三十代後半か四十代初め、夫に死に別れて『船津屋』のパートとして座敷にあらわれた婦人との何げない会話が救ってくれた。剛腕の老人を慰めたものは他にもある。秋ともなれば川堤で鳴きだす鈴虫が手細工の木箱に捕らえられ、歌合戦を競うのが名物だったからだ。

今日もまだ地元の物産を大消費地にはやばやと届け、正月、ゴールデンウィーク、夏休みごとに走行状況がテレビで報じられる高速道路が、選挙区でもないのに桑名をまたいで建設された。着工や開通のテープがカットされるのを口実に、担当大臣を飛び越して副総理がわざわざ東京を離れ、任務を果たしたあとは必ずここで安眠した。わたくしたち住民は半ば冷やかしを込めて祝福したが、幸せは長くは保たれず、政客は循環器に急病をわずらい世を去った。

その先駆けとして明治の末に宿泊したのが鏡花で、『船津屋』は『湊屋』という仮名で『歌行燈』に登場する。下敷きにした『膝栗毛』と同じコースを逆に北から南へたどり、開通間もない汽車の桑名ステーションで下《お》りて、人力車を拾い、弥次喜多を気取る。原型を踏襲した老若二人が、まっすぐ宿を目指すかわりに、途中で寄り道し、板障子のあいだより釜で茹でる麺の湯気の吹き出す饂飩屋の暖簾をくぐった。その店の門で三味線を抱え、撥《ばち》を逆手に博多節のひとさしを、

お月様が一寸《ちよつと》出て松の影、
　アラ、ドッコイショ

と歌っている盲人の顔にありありと見覚えがあったからだ。しかも、その相手こそ、若い喜多八の方を恨む余り憤死同然に生を終えた伊勢の男の幽霊にほかならなかった。饂飩屋に入ったのは不吉な幻影から遁れる賑やかしの意味も含まれていた。

喜多八は下敷きの滑稽本と同じく、親から貰った本名もやはり喜多八。ただし、苗字はまるで異なり、能役者として東京で一流として名のとおった恩地。二十代半ばにして天才の萌芽を期待される好運な青年。驕慢も手伝って反抗心が抑え切れず、だしぬけに家出したあとを追い、連れ戻しに来たのは弥次郎兵衛ならぬ七十八歳の辺見秀之進。近ごろ孫に代を譲り隠居したとはいえ、小鼓を打たせたらこの国第一の名人、恩地源三郎なのだ。

饂飩屋では、さっそく酒を熱燗で一合注文し、それを酌み交わしつつ、『湊屋』の模様を下調べする。銚子を運んで来た年増盛りの色っぽい女房は、喜多八の都会者らしいイケメンに刺激されたか、釜の前の亭主が苛立つのを気にも止めず、必要以上に詳しく質問に答える。

「湊屋、湊屋、湊屋、湊屋。此の土地ぢや、まあ彼処《あすこ》一軒でござりますよ。古い家ぢやが名代で、前には大きな女郎屋ぢやつたのが、旅籠屋《はたごや》に成つたがな、部屋々々も昔風其のまゝな家ぢやに、奥座敷の欄干《てすり》の外が、海と一所の、太い揖斐《いび》の川口ぢや。（中略）処が、時々崖裏の石垣から、獺が這込《はひこ》んで、板廊下や厠《かはや》に点《つ》いた灯《あかり》を消して、悪戯《いたづら》をするげに言ひます」。（『鏡花全集』巻十二　岩波書店。以下同じ）

世紀が二度も改まるまで宿の趣きに変化が見えぬとは、遅れも遅れたり、すでに無形文化財を名のってもいいのではあるまいか。むやみにアメリカ風を模倣せぬ、この国の古さを生かした町起こしの良き例が桑名には存在する。

饂飩屋で飲む酒は、経験のある人にはおわかりだろうが、こたえられないほど旨い。若い能役者恩地喜多八も一息にぐっと呷《あお》ったが、その酔いを冷《さ》ますように、北の辻から按摩の笛が聞こえてくる。

……其時《そのとき》、（中略）座頭の首が、月に蒼ざめて覗きさうに、屋の棟を高く見た……目が鋭い。

夫婦二人だけ、使用人のいないこの店では、亭主が出前持ちを兼ねている。月の出た町筋を提灯もなしに配達に出かけたあとは、戸を閉めた入口に鼠色の人影がさす。

女房の好意に甘えた喜多八は、饂飩屋のほんの二、三畳の小座敷を借りて按摩を呼び入れた。過去に犯した悪行を悔い、そこに現われた按摩をその犠牲者の亡霊かと恐れつつ、敢えて揉んで貰おうとした。

「待ちこがれたもんだから、戸外《そと》を犬が走つても、按摩さんに見えたのさ。恁《か》う、悪く言ふんぢやないぜ……其処《そこ》へぬつくりと顕《あらは》れたらう、酔つて居る、幻かと思つた。」

（中略）

按摩どの、けろりとして、

「えゝ、其の気で、念入りに一ツ、摑《つかま》りませうで。」と我が手を握つて、拉《ひし》ぐやうに、ぐいと揉んだ。

（中略）

「いや、横になる処《どころ》ぢやない。（中略）……第一背中へ摑《つか》まられて、一呼吸《ひといき》でも応《こた》へられるか何《ど》うだか、実は其れさへ覚束ない。悪くすると、其のまゝ目を眩《まは》して打倒《ぶつたふ》れようも知れんのさ。体《てい》よく按摩さんに摑み殺されると云つた形だ。」

と真顔で云ふ。

喜多八は熱くした饂飩を六つも注文し、それを肴に茶碗酒を自棄《やけ》飲みに、空いた銚子を五、六本も膳に並べた。幻でも何でもない、仕事に真面目な按摩はびっくりして、

「飛んだ事をおつしやりませ、田舎でも、これでも、長年年期を入れました杉山流のものでござります。鳩尾《きうび》に鍼《はり》をお打たせになりましても、決して間違ひのあるやうなものではござりませぬ。」

と抗弁する。ところが、まだ二十代の青年にはそもそも揉み療治を受けた体験が一度もなかった。にもかかわらず、体じゅうがひどく凝っている。

「恷《か》う張っちゃ、身も皮も石に成って固《かた》まりさうな、背《せなか》が詰《つま》って胸は裂ける……揉んで貰はなくては遣《やり》切れない。」（中略）

と、激しい声して、片膝《かたひざ》を屹《きっ》と立て、

「殺す気で蒐《かか》れ。此方《こっち》は覚悟だ。（中略）さあ、敵《かたき》を取れ。私はね、……お仲間の按摩を一人殺して居るんだ。」

ここから喜多八の回想談となり、饂飩屋の女房を聞き手に、他の客のないのを幸いに愚痴をつらねる。

今からちょうど三年前、師走《しわす》の末、東京での多忙な仕事のやり繰りがついて、念願のお伊勢参りをしようとこの三重県にやって来た。そのときは桑名を通り越し、四日市、亀山を経て山田（現在の伊勢市）へまっすぐ向かった。ところが、伊勢路にさしかかるが早いか、能役者には聞き棄てならない一人の男の名前が汽車のなかから耳に入りはじめる。山田の古市で本職は按摩ながら、そんなものはそっちのけでの芸人気取りで、東京の宗家も本山も無視して周囲の人びとに稽古をつけている盲人だそうだ。

たかが田舎の天狗、打っちゃっておけば良かりそうなものを、そこはこちらも二十代の若気の至り、高慢の鼻をへし折ってやろうと悪戯心がムラムラ起こった。山田で逗留することになったのは尾上町の『藤屋』という旅館。尾上坂を登れば、美しい遊女を多く抱える廓として京の島原、東京の吉原の繁華にも劣らぬ古市だ。宿の女中に尋ねると、芸の達者と賞めちぎり、自ら本山と看板を掲げ、門弟から納めさせた謝礼によって、古市のはずれに小料理屋をひらき、妾の三人も囲い大した勢いだという。

名は宗山。維新の前はさる大名に仕えた士族の成れの果て。高慢も高慢だけれど、芸もできることはできる。あれで健常な体であれば、とても三重県などに留まるしろ物ではなかろう。……江戸前の鰻ばかりが味じゃない。ところによっては伊勢の鯛を賞美したっていいではないか。

「あいつらにも私の咽喉を聞かせてやりたいよ」

と、宗山が言ったとか言わぬとか。そのあいつらのなかに喜多八の名もチョロリとまじっていたそうな。聞くだに癇にさわりカッとなった。

信州のお百姓は野生の獣を見慣れているだけに、

「東京の芝居になんぞ、ほんとうの猪はいない」

と威張る。『仮名手本忠臣蔵』で勘平が火縄銃によって仕止める『歌舞伎座』の縫いぐるみを鑑賞しての感想だが、けなしてるようで憧れも含まれている。そこらを汲んでやれば腹も立たないのに、文字どおり受け取るから穏やかには済まなくなる。

二十四歳の厄前だったせいか、一図にいらいらして、女中に、

「そこいらを見物してくるよ」

と言い残して外へ出た。

間《あい》の山の長坂の下からドッと吹き上げる神風が荒い。真っ白に化粧した姉さんが店番をしている空気銃や吹矢の屋台に入って、射的のゲームをやりながら、

「この辺に宗山って按摩がいるかい」

試しに問うてみると、

「先生さまかね、いらっしゃります」

と丁寧に答える。

「実は、その人の歌をひとつ聞きたくって来たんだが、誰が行っても引き受けてくれるだろうか」

物好きを表情に顕わにして尋ねると、蒼ざめて痩せた別の中年女が幕の蔭からヌッと顔を出

し、

「近づきのない旅のお方には、さあ、どうでしょうか。もしお望みなら私が案内して上げましょうか」

と言う。茶代をはずんで、

「じゃあ、お願いするぜ」

と後について行った。女の案内に従って、つい向こうの路地を入ると、戸をピッタリ閉めて怪しげな行灯の揺れているゴタゴタした両側の長屋のなかの一軒へと導かれる。溝板《どぶいた》が広い、格子戸づくりで、そこだけが二階建て、お手軽料理と看板を軒に上げてあるのが宗山先生の住まいだった。

案内役の女が内に声を掛けて、

「お客さまよ」

と言い置いて帰ったあとは、すぐ取っつきの部屋に長火鉢を囲んだ三人の女に囲まれる。どれも品のない様子まる出しで、立て膝やら、横坐りやら、頬杖を突くやら、他に料理を注文する常連はなく暇らしい。

上がり框《がまち》の正面が狭い階段になっている。

「座敷は二階かい」

と、勝手に上がろうとすると、吹きこむ風に女どもの上に釣ったランプがパッと消えてしまった。そこへ、中仕切りの障子が仄かに揺れて大坊主みたいな影法師。額の抜けあがった唇の厚い人相だが、その背中につかまって揉んでいるのはもう少し増しな島田髷の若い女。

その坊主頭がドテラを羽織り、

「エヘン」

と、偉そうに咳をして、偉そうに煙管《キセル》を吹かす。

『ハハア、こいつだな。商売もおおよそどんな具合か、見当がついた』

ここらで退散しようと考えるのを引き止めるしつこさで、

「ご注文は?」

と、大きな声をさらに太くする。

やむなく、

「あっさりした肴でひと口呑みたい。じゃあ、ついでながらお頼みが……」

とつけ加える。

「ご主人の按摩さんの咽喉がひとつ聞きたいのだ」

と求めた。

朱塗りに二見が浦の景色を金蒔絵した台に載せ、贅沢っぽい杯で地酒を呷るか呷らないうちに、

「まず一つ召し上がったら、こちらへ」

と、按摩の方から指図する。その声の調子が、

「謹んで聞け」

と言わんばかりの権高《けんだか》さ。そこへ出てきてドカリと坐りこんだ様子が膝も腹もズングリして、胴のまわりほどに咽喉骨が太く、眉は薄いのに鼻がひしゃげ、頰が飛び出ているのに黒アバタに覆われた人相の男。

それから、さまざま勿体ぶった所作を前触れに、大坊主が謡《うた》いはじめた。

聞くと、どうして、思ったよりよくできている。按摩の片手間の芸ではない。

が、恩地喜多八にとっては小敵。宗山の声に合わせて、黙ったまま膝を叩き、二つ三つ拍子を取る。でも、その拍子が尋常ではなかった。相手の節の隙間を狙い、伸び縮みを加減して緊《し》めつ緩めつ、声の重みを刎ね上げたり咽喉の呼吸を突き崩したりする。トンとひとつ膝を打たれただけで、素人はもう声が引っかかって、節が不状《ぶざま》に蹴躓《けつまず》く。

さすがに心得のある奴だから、膝拍子で声をねじ伏せられると、張っていた調子がたちまちたるんでしまった。

哀れや、宗山は見る見るうちに額にタラタラ汗を流し、死に声を振りしぼると、火のような息を吐き俯向《うつむ》けに突《つ》っ伏《ぷ》した。長々と舌を垂らし、犬みたいに畳を嘗めそうになった。

「先生、ご病気かい」

と、喜多八はニッコリ嘲笑う。

相手はゼイゼイ喘ぎながら、

「ぜひ聞きたい。この宗山、たとえ耳が遠くなろうとも、あなたの歌を一番聞かずには死なれない」

と頼む。断わって宿へ帰ろうとしたが、

「しばらくお待ちください。そのお若さで今の膝拍子。まだ一度もお声は聞かれず、お顔はもとより見たこともないけれど……当流の大師匠、恩地源三郎どの養子と聞いている……喜多八さまのほかにはありますまい。何と、さようでございましょうが」

喜多八の名をピタリと言い当てる。こちらは羽織の裾を払って立ち上がり、

「まあ、違ったような、当たったような。何しろ、按摩さんが聞かしたいとつねづね言って

る、東京の連中の一人だよ。もし会いたければ若布《わかめ》の付け焼きでも土産に持って、東海道を這い上《のぼ》って来い。恩地の家に台所からおとずれたら、叔父には内証で、居候の腕白小僧がコマを回す片手間に『この浦船』でも教えてやろう」

するると、大坊主はヨタヨタと起き上がって、

「なつかしや、若旦那。せめて触らせてくだされ、つかまらせてくだされ。ひと揉みさせてくだされ」

と縋りつく。

「いや、揉まれてたまりますか」

すぐ横を摺り抜けようとするのだが、六畳の狭い座敷、おまけに視力に欠けていても相手は自分の家だ。すばやく階段の降り口をふさいで立ちはだかる。あぶら汗を流した、才能に対する嫉妬と執着の恐ろしい表情が、いつになっても忘れられない。

あくる日には古市を引き払い二見が浦の『朝日館』という宿に移ったけれど、いやな噂を耳にした。宗山は辱かしめられたのを口惜しがって、

「七代まで祟ってやるぞ」

としたためた遺書を残して、外宮の裏の鼓《つづみ》ヶ岳で木の枝に紐を引っかけ、その夜のあいだに

縊死してしまったそうだ。

それからというもの、喜多八の行くさきざきに幽霊が付きまとう。東京に戻る気持ちにもなれず、伊勢路をあちらこちら……志度寺の観音さまの力に合掌して祈りつつ放浪する日々だった。


『歌行燈』だけではない。鏡花はそれに先立つ明治三十六(一九〇三)年に『伊勢之巻』、後を追って大正二(一九一三)年に『参宮日記』と、伊勢を舞台にした小説を繰り返し書いている。そのたびに現地へ足をはこんでいるのはもちろんだが、取材のためのみとは思えない。

個人としてもちょっと類のない、饂飩好きの気質がそこへ引きつけたにちがいない。明治の人びとの例に漏れず日常の食生活は地味で、けっして贅沢をしようとはしなかった。花柳界ものをたくさん世に送りだしはしたものの、根が江戸っ子ではなく北陸の金沢育ち、蕎麦をさほど好まない。

長く住んだ麹町六番町の家の二階で、ひねもす創作に刻苦したあとは、たった一杯の素饂飩を夜食にするのが夜更けてからの楽しみ。書斎に使っていた二階の八畳間へは、編集者もしょっちゅうおとずれる。そのさい原稿料を現金で手渡されたりもするが、客が帰ると蔵書のあいだに挟んだり抽斗《ひきだし》に入れたり……。妻すゞに渡すのを失念し、遂には当人もそのことを忘れてしまう。昭和十四（一九三九）年、『鏤紅新草』を絶筆として逝去したとき、あちらからもこちらからも少なからぬ紙幣が発見されて、お通夜に集まった弟子や後輩をおどろかせた。

幸いにも妻の丹念にメモしたノートが現存しているが、それによると夜食ばかりではない。三度の食事にも饂飩を献立の中心においた日がまことに多い。酒を呑むときは白身の魚、鮭などをつまむにしても、他に肴もなしに平気で済ます安直さ。

そんな偏食癖にとって、よその土地より目立って饂飩屋の暖簾の多くぶらぶら揺れる伊勢が気に入ったのは言うまでもない。現にわたくしにしても東京住まいの方がもうはるかに長くなったのに、何かと口実を設けてはふるさとへ帰る。そして、あちらに滞在するあいだじゅう朝ごとに独特の饂飩を食べ、場合によるとおひるもやはり同じもので済ませ、一日に二度摂ることもしばしばある。しかも、そうした偏った嗜好が始まったのは昨日や今日ではない。周囲を眺めわたすとあの人もこの人も……いわば伊勢生まれに共通した風変わりな食習慣であることが否も応もなしに納得させられる。

わたくしは在日コリアンの子に生まれながら、襁褓《むつき》のうちから日本人の家庭に預けられ、老人夫婦にだいじにされて中学に入るまで育った。そこのお婆さんがとんでもない麺類好きで、

八十歳にして亡くなる直前、身ぶりでわたくしを枕もとに呼び、何か言いたそうにするので、口もとに耳を近づけると、

「徳蔵かい、饂飩が食べたい。一杯配達するよう頼んでおくれ」

と、苦しい息の下から言うではないか。他に遺言らしいものは何もなく、文字どおりそれが最期の言葉となった。

古市のある間《あい》の山は、内宮（皇大神宮）と外宮《げくう》（豊受大神宮）という伊勢大廟を構成する二つのシュラインを結びつける丘陵地で、宗教とは程遠い妙に色っぽい雰囲気に包まれてきた。

神参りお伊勢さんへもちょっと寄り

江戸時代の皮肉っぽい川柳で冷やかされているとおり、売春防止法が施行されるまで『備前屋』『杉本屋』『油屋』をはじめとする大店がそれぞれ三十人ほどの遊女を抱え、総計では六百人を超した。今日では『麻吉旅館』のみが残り、かつての全盛を偲ばせる優雅なたたずまいを見せているから、参宮のついでにはぜひともお立ち寄りになることをすすめたい。

正式な婚姻を離れて男と女の交わるところ、場合によっては刃傷沙汰の持ち上がるのは自然の成りゆきだ。鏡花に三編の小説を書かせたのもまさしくそうした猥雑でセクシーな雰囲気だろうが、もっとも世に知られた油屋騒動は寛政八（一七九六）年に起こった。事件についての詳細な記録が『大安旅館』という家にただ一冊伝えられており、そこの女将井村かねさんのご好意により拝見させていただいた。かねさんは世を去って久しく、旅館も廃業されてしまったので、記憶にとどまったところを書きとめておく。

芝居に福岡貢として登場する主人公の実名は孫福斎《いっき》。市内の宇治浦田町で開業する医師だったそうだ。『油屋』のお職女郎（ナンバー・ワン）お紺が天然痘をわずらったとき、上手に治療したのをきっかけに間夫《まぶ》（愛人）となった。だが、相手は玄人女、いつもいつも愛想のいい顔ばかり見せてくれるわけではない。たまたまその夜は阿波国（徳島県）から染料の藍をあきなう金持ちの商人が三人も登楼して派手に遊び、そっちの座敷にかかり切りになっていた。斎はどうやら酒乱の気味があったようだ。

たびたび我が座敷に顔を出すよう催促にやると、お紺はうるさく思ったのか、ちょっと愛想づかしのような憎まれ口をたたいた。カッとした斎が刀を鞘におさまったまま万野という女中の肩を打つと、鞘が自然に割れ切りつけてしまった。

「人殺し」

と叫ぶ悲鳴に、とび出してきた主人の母親、茶汲女きしが側杖を受けて斬り殺され、さらに藍の商人岩次郎、孫三郎、伊太郎が重傷を受けた。中でも岩次郎は手当ての甲斐もなく、あくる日の早朝死亡した。お紺と万野は当事者でありながら逃げ足が早く、さっさと屋外へのがれたおかげで明治まで長生きした。

五月四日、端午の節句の前晩ということになっているが、片岡仁左衛門の得意とする芝居『伊勢音頭恋寝刃《こいのねたば》』を見ると、主人公は白地の浴衣《ゆかた》を粋《いき》に着込んでいる。旧暦のことだから、現代のカレンダーに直せばきっと六月に入っていただろう。

さて、酔いも覚めた犯人は宇治の実家へ逃げ帰った。そこで母にことの次第を包まず打ち明けると、さんざん折檻された末に、

「男らしく自害でもしろ」

と、因果を含められた。その教えにしたがい、翌朝の午前十時ごろ、現在もやはり赤福餅の本店の横にある橋を渡ったさき、藤波神社の社務所に忍び入り、腹を切り咽喉を突いて自殺した。

現代でもありふれた三面記事的な事件だけれど、たまたま参宮に来合わせた大坂歌舞伎の作

者近松徳三が、帰りがけの松坂の宿で噂を耳にした。道頓堀に帰り着くや否や、ほんの二カ月後には台本を書き下ろし、角座の舞台で上演した。一夜漬けの際物《きわもの》であるにもかかわらず、思いもかけぬ傑作の誕生となった。

夏芝居のさわやかさと残酷さをミックスして、とりわけ片岡仁左衛門のお家の芸として、ほとんど二、三年に一度、ファンの期待に応える頻繁さで上演されている。

先代仁左衛門が使用していた台本に目を通すと、当時の古市の風俗をまざまざと再現するディテールが面白おかしく描写されている。たとえばお紺の愛人に当たる貢のイケメンぶりに対して岡惚れした醜い女郎、お鹿が間を仲介する万野に金を騙《かた》り取られたあげく、

「皆様《さん》も聞いて下さんせ。恥ずかしながらわたしゃ貢様《さん》に惚れました。アイ、惚れたによって文《ふみ》付けました。(中略)口で言うより、たしかな証拠があるわいな。今見しょうわいなァ」(十三代目片岡仁左衛門『夏祭と伊勢音頭』向陽書房)

と、満座のなかで借用証文を披露して見せつけようとたくらむ。驚いた貢が手に取って目をとおすと、意外や手紙ではなく、

「これは違うぞ。饂飩屋の書き付け（請求書）だ」（同前）
と否定し、観客をドッと笑わせる。

古市には『長勢座』といって千両役者が江戸や大坂に先立って新人の興行をいとなむ劇場が観光客を喜ばせていた。あまつさえ『とふ六』と名のる有名な饂飩店が名物扱いで、鰹節のおいしそうな匂いをプンプンさせていた。そこに立ち寄った客には一人で四杯、五杯と食べさせた末、カッコいい団扇《うちわ》を記念に与えるのが全国に知られた。

例を挙げると、中里介山の『大菩薩峠』には「間の山の巻」に、宇津木兵馬が兄の仇である机竜之助のあとを追い、古市にやってくるくだりがある。

話が変って、古市の町の豆腐六《とふろく》のうどん屋の前のことになる。（中略）豆腐六のうどんは雪のように白くて玉のように太い、それに墨のように黒い醤油を十滴ほどかけて食う。
「このうどんを生きているうちに食わなければ、死んで閻魔《えんま》に叱られる」——土地の人にはこう言い囃《はや》されている名物。兵馬はそれと知らずにこのうどんを食べていると、表が騒々《そうぞう》

しい。（中里介山『大菩薩峠』一　筑摩書房）

介山は取材に来た折り、鏡花と同様に饂飩に舌鼓を打った。太さが並みはずれている割には柔らかく、おまけに鰹節のだし汁をとった僅かな醤油が真っ黒なためにどんなに辛いかと恐れをなし、じっさいに啜ってみると意外に味わいは咽喉越しがいい。

残念ながら数百年つづいた老舗は廃業したけれど、久しくここでは仁左衛門をはじめとする俳優が名演技をきそい、地もとには都伊勢丸といって来る日も来る日も『伊勢音頭』のみをもっぱら上演する田舎役者さえ存在した。今日ではさすがに長勢座は閉まってしまい、大道具、小道具、衣裳はまとめて近所の皇学館大学に寄贈され、伊勢丸は商売変えしてＪＲの駅前で鰻丼のおいしいレストランをいとなんでいる。

伊勢饂飩の独特の料理法と味については、中里介山が実地に体験した明治の末から現在に至るまで少しの変化もない。

大正の初めに創業され今もなお常連に支持されている『喜八屋』という店が存続している。さして盛んに宣伝するとも思えないが、口コミだけによって遠くまで知られてゆくのか、わざわざ足をはこんでくれる客も多く、つい先ごろも橋下大阪府知事が来訪されて味を堪能なさったと聞く。

戦災で焼けたり寄る年波にあちこち破損したりして、改築は度数を重ねたにせよ、位置は元のままだ。木の看板にはユニークな達筆で店名が彫り込まれており、映画監督小津安二郎の手に成ったものとして大切にされている。

この場所は元の三重県立宇治山田中学（現在の宇治山田高校）の裏門と真向かいの位置に当たり、とりわけ寄宿舎からは目と鼻の距離しかなかった。小津は大正五（一九一六）年より十（一九二一）年まで、松阪の実家からの汽車通学を避けるためにここに寝泊まりしていた。ちなみにわたくし自身が同じ学校のはるかな後輩なので、帰郷のたびに必ず食べに行く。

アメリカ軍の爆撃の破壊のせいで母校は二キロほど隔たった山の上に移り、敷地の跡はささやかな公園となっている。そこに碑がひとつ立ち、

無常迅速
もう一度中学生になり度いなあ
会ひ度い　会ひ度い

もう一度中学生になり度いなあ
　　小津安二郎

と読める。

　あたかも腹の空く青春であっただけでなく、ボート、野球、柔道……と、ほとんど万能のスポーツ選手だった小津にとって、高の知れた寄宿舎の賄《まか》ないでは物足りなかった。ルールを破りしばしば抜け出して、何杯も丼を空にした。

　亭主の喜八が親切で、金のない中学生に商売気を離れて大盛りにしてくれた。その風貌はどことなしに坂本武という俳優に似ていた。

　松竹蒲田から大船へと引っ越し、一人前の監督として磨き抜かれた作品を撮れるようになると、旧知のキャラクターを借りて坂本を主役に使う『喜八物』というシリーズを世に問うた。昭和八（一九三三）年の『出来ごころ』を第一作とし、『浮草物語』まではサイレント、『東京の宿』がサウンド版、さらに戦後の最初を飾るトーキー『長屋紳士録』にも坂本の扮する喜八が登場する。

　小津の伊勢饂飩に対する執着は半端《はんぱ》でなく、同窓会などで帰郷するごとに、古市やＪＲ宮川駅前の店を食べ歩いた。なかんずく波切町《なきり》（現在の志摩市）においてカラーの名品『浮草』をロケした折りには、休みの日に京マチ子、若尾文子、杉村春子ら華やかな女優たちを乗せた乗用車を駆り『喜八屋』に繰り出したそうだ。創業者から受け継いだ現在の経営者からお話を伺った。

七　『吉野葛』の復活と水

吉野山には設備のととのった旅館をいとなんでいる知り合いがあるために、何年おきかに心おどらせつつ花見に行く。偶然とはいえそうした幸運にめぐまれていることを美の神様に感謝しないではいられない。

友人は奈良県南部の畝傍《うねび》高校を了えたのち上京して大学を卒業し、国際的な石油会社に停年までつとめた。したがって現在もやはり東京に在住しているけれど、言動の端ばしに仄見えるところでは、年齢とともにボツボツふるさとの山中に帰りたくてならぬようだ。名を平井君という。

お兄さんが数代つづく老舗『八木屋』を嗣ぎ当主でいらっしゃるおかげで、そこを図《ず》ずうしくも利用させて貰い、花見のときのみならず、紅葉狩のシーズンにもかなり長期に滞在した。

細長い馬の背中に形の似た尾根の上にひとすじ道路が延び、両側はところどころ吉野葛の菓子や団子をあきなう店がまじっているほかは、ことごとく古雅な旅館が立ち並ぶ。時勢に遅れまいと改築を怠らなかったのだろう、外見によらず設備は近代的で泊まり心地は悪くない。窓から眺め下ろした中の千本の絶景はまさしく他の土地の追随を許さず、日本に生まれた素晴らしさを噛みしめる。

よき人のよしとよく見てよしと言ひし芳野よく見よよき人よく見（北山茂夫『柿本人麻呂論』岩波書店）

暗誦するごとに無器用なわたくしは思わず舌を噛みそうになる天武天皇の御製とされる『万葉集』巻一の歌を実感させられるわけだが、これは単に自然の与えてくれる眺望ではないような気がする。

現に麓とは反対に上の千本の方向に坂道を百メートルほど登ると、思いなしか目の位置が急に高くなり、周囲が神《こう》ごうしい雰囲気に包まれ始める。いわば俗界と宗教界の境目である。今日ではもちろんケーブル・カーも通じ自動車も走っているが、はっきり認識しようとすれば運動靴に履き替え、親から受け継いだ足で歩いてみるほかない。

ほんの百メートルくらいで、ひときわ由緒ありげな佇まいの宿の玄関にぶつかる。近代のどの天皇陛下かにお微行《しのび》で行幸をいただいたためしもあると噂される、『櫻花壇』がここだ。わたくしのような無粋な者にとっては、誰でも利用してかまわぬ国際観光施設というより、むしろ不用意に足を踏み入れられぬ聖域の印象が先に立つ。

そういう畏《かしこ》き辺りのお噂より何より、文学にたずさわる身の引き緊まるのは昭和五（一九三〇）年の秋、谷崎潤一郎が相当長くこの宿に逗留して中編小説『吉野葛』を執筆したという事実だ。おまけに朝早く起きてから夜更かしをして床に入るまで机の前で努力したにもかかわらず、小説は構想倒れに終わったという結果だ。この文豪のふだん示したことのない嘆声が漏らされているところよりすると、当人にも珍しい成りゆきだったにちがいあるまい。

平井さんの先祖は後醍醐天皇が京都を脱出されたさいお供をしてきて、そのままここに住み着いたと聞いた。山上の宿の経営者には他にもそのころの同類が何人も混じっているそうだ。南朝の公卿の誇りを身辺にオーラとして漂わせながら、それ以上は多くを語りたがらない。しかし、口数の少なさとは反比例して現在の世情や東京・京都など下界の模様に関するくぐもった熱き思いが強い。

お兄さんのご好意に甘えて、宿泊中のある夜明けがた、わたくしは無理にせがんで上の千本に鎮座する水分《みくまり》神社に案内していただいた。ご神体として祀《まつ》られているのは鎌倉時代の国宝彫刻のなかでも屈指の美しさで知られる玉依姫《たまよりひめ》さまだ。もちろん、あたり前の時間に参拝したところで俗人の目に触れられるはずもないが、いかに神聖な建物のなかであろうと、早朝に一回は神主自ら箒《ほうき》を手に掃除なさる習わしがあるのは変わりがない。その折りに偶然行き合わせた振りをすれば、誰からも咎め立てされずに済むかもしれない。

惜しくも他界されて久しいけれど、奈良国立博物館の館長をつとめられた石田茂作先生とは時折りお目にかかって教えを乞うことのできる親しい間柄だった。仏教、考古学、美術史に精通する碩学でありながら、飛鳥や天平の古瓦をこよなく愛し、自ら謙遜して『瓦礫洞主人』と名のられる気さくなお人柄なので、わたくしなどにも話し掛け易かった。

一緒に長距離バスで大和の田舎めぐりをしたさい、

「水分神社とは何でしょうか?」

思い切って質問すると、

「ミクマリは水配り——つまり、分水嶺の神さまですよ」

優しいほほえみを頬から絶やさず、いつものごとく明快に答えてくださった。さらにつけ加えて、

「あの神社から滴り落ちる水のうち、北に流れるものは生の世界を目指す。つまり、吉野川を経て紀ノ川に合流するものに沿ってくだれば、万に一つにせよ起死回生のチャンスに恵まれます。逆に南へ流れて熊野川へ向かえば死の世界に深く入るほかない。新宮より先は普陀落《ふだらく》の大海に注ぎ、行方も知れず漂流するのです」

事もなげにおっしゃるのだが、まだ四十歳には間のあった壮年のわたくしには恐ろしくてならなかった。でも、考えようによれば北に流れるにせよ南に滴るにせよ、吉野の山頂から源を発するのは共にただの水ではない。生と死をはっきり分けつつ、同時に間一髪の際《きわ》どさで結びつける神聖な媒介物にほかなるまい。それからというもの、春ごとに奥の千本で西行法師に倣って花吹雪を浴びたり、熊野市の鬼ケ城で打ち寄せる怒濤に胆を冷やしつつ秋刀魚《さんま》の鮓や干物をつまみに冷酒を呷ったりする快さを思わずにはいられなくなった。

前に挙げた天武天皇の御製はもちろんだが、それに合わせて賞めたたえるような柿本人麻呂の歌になると、どう見ても吉野山の自然の美のみから発想されたものではない。

やすみしし　わご大王の　聞《きこ》し食《め》す天の下に　国はしも　多《さは》にあれども　山川の清き河内《かふち》

と　御心を　吉野の国の　花散らふ　秋津の野辺に　宮柱太敷きませば（中略）やすみしし　わご大王　神ながら　神さびせすと　吉野川　激《たぎ》つ河内《かふち》に　高殿《たかどの》を（中略）春べには　花かざし持ち　秋立てば　黄葉《もみぢ》かざせり（中略）山川も依りて仕ふる　神の御代かも（同前）

北山茂夫の鋭い推定によれば、吉野に一時的に設けられた皇子離宮とは、壬申の乱の前年（六七一）に大海人《おおあま》皇子（のちの天武天皇）が妻の讃良《ささら》皇女（のちの持統天皇）とともにしばらく飛鳥から脱出し隠棲した場所であったとか……。表面上の名目は出家して仏道を修行する体裁だったそうな。

幸いにもこのときのクーデターは成功し、兄の天智天皇の遺志に逆らい、近江の大津宮に攻め入り弘文天皇を自殺に追いこんだ。いつまでもその喜びが忘れられず、天武とそのあと帝位についた持統とは二つの宮殿を持つシステムになった。すなわちふだん暮らす飛鳥浄御原宮《きよみはらのみや》と、桜および紅葉のシーズンに必ず遊びに行く吉野宮だ。それほどここはめでたい地点と考えられた。

記憶は滅びることなく蘇り、奈良や京都で政治的に失敗した人びとを土壇場で迎える魔力を吉野山はしだいに備えてゆく。だが、クーデターが功を奏したのはこの一回のみだった。モデルに倣った試みはそのつど、無念にも失敗に終わった。

主なものだけを想起しても、次は平安末期より鎌倉時代の初めにかけての平家滅亡にさいして……。長門の壇《だん》ノ浦《うら》で辛うじて戦死を免れた平重盛の子の維盛《これもり》は、父の生前のコネを頼りに吉野の下市で店を開く『釣瓶鮓《つるべずし》』に番頭に雇われ、再起のチャンスをうかがう。ここは日本最古の鮓屋として八百年以上の歴史を誇り、今も盛大に繁昌しており、地元に遊んだら召し上がられるがいい。

同じ吉野では『吾妻鏡』に記録されているとおり、源義経の愛妾である静《しずか》御前が雪の山を踏み分け遁《のが》れ入る中途で捕らわれ、鎌倉に護送されたあと頼朝および兄嫁の北条政子の面前でみごとな舞いを披露した。江戸時代の芝居作者たちがほうっておくはずもなく、維盛と義経を二人のヒーローとした歌舞伎『千本桜』を創作した。狐忠信、いがみの権太という架空の異形《いぎよう》の者も活躍し、五代目と六代目の尾上菊五郎を受け継ぐ東京の型、先代と今日の片岡仁左衛門の磨きをかけた関西の型とが競い合って我われを楽しませてくれる。

次のクーデターは後醍醐天皇によって企てられる。新田義貞、楠木正成らの助けを借りて鎌倉幕府をほろぼしたのち、建武中興をいったん成就したにもかかわらず、全国の武士勢力をひとつにまとめることはできなかった。僅かなあいだに二度目のクーデターに乗り出さざるを得なくなり、巧妙な政治家である足利尊氏の前に敗北した。

京都をひそかに脱出し、大和の笠置《かさぎ》山の僧兵を当てにして思いどおりにはこばなかったあとは、さらに南へ――定石《じょうせき》どおり吉野山に分け入るほかなかった。周囲に付き従う廷臣たちは数も限られ、質素な宮殿を山中にかまえ、辛うじて持ち出した鏡、剣、曲玉の三つの神器のみを大切に奉安し帝位を保った。

京都へのご還幸を望まれるお心には止みがたいものがあり、長い病いのため崩御の前には苦しい息の下から、

タダ生々《シヤウジヤウ》世々ノ妄念トモナルベキハ、朝敵ヲコトゴトク亡《ホロ》ボシテ、四海ヲ泰平ナラシメント思《オモ》ン計《バカ》ルナリ。（中略）玉骨ハタトヒ南山（吉野山）ノ苔ニ埋《ウヅ》ムルトモ、魂魄ハ北闕《ホツケツ》（京都ノ宮殿）ノ天ヲ望マント思フ。（『太平記』二『日本古典文学大系』岩波書店）

と遺言なされた。

後村上、長慶、後亀山と、いずれも吉野山で生まれた三人の天皇が南朝を守るけれど、京都

へ戻るどころか、衰退の色はますます濃い。最後の拠点となったのは梅林の美しさで南大和随一ともいうべき賀名生《あのう》（五条市西吉野町）の村だが、ここはもはや熊野への裏道に近い。皇居とは呼びたくても、見るかげもない黒木の仮普請で、

女院《ニョウヰン》、皇后ハ、柴葺《シバフ》ク庵《イホ》ノアヤシキニ、軒漏《ノキモ》ル雨ヲ禦《フセ》ギカネ、御袖ノ涙ホス隙《ヒマ》ナク、月卿《ゲッケイ》雲客《ウンカク》ハ、木ノ下岩ノ陰ニ松葉ヲ葺《フキ》カケ、苔ノ筵《ムシロ》ヲ片敷《カタシ》キテ、身ヲ置ク宿トシ給ヘバ……

（『太平記』三　同前）

という始末で、足利幕府に支えられた北朝の前になすすべもなく和解して終わった。

二度あることは三度――いや、四度ある。封建制の崩壊に先立ってクーデターは念押しのごとく繰り返される。

ペリーひきいるアメリカ艦隊が現われて物情騒然とした文久三（一八六三）年、ナショナリストの公卿中山忠光を盟主にいただく吉村寅太郎、藤本鉄石、松本奎堂ら尊王攘夷派の過激な浪士たちは京都東山の方広寺に集まり、開国に傾きかけた徳川幕府を打倒すべく挙兵した。た

だちに南の大和に入り、五条代官所を襲って代官の首を刎ねた。次いで吉野山を扼《やく》する要害である高取城を囲んだものの、容易に落ちず、そうこうするうち幕府の命令にしたがい動員された諸藩の兵に討たれて、中山が辛うじて長州にのがれた以外は、浪士たちはすべて捕らわれたり斬られたりした。明治維新まで余すところ五年に過ぎない。

前にもしるしたとおり、わたくしは伊勢の県立高校の出身だが、同じクラスに見るからに育ちの良さそうな久野《くの》君がいた。かれは神宮から西に二里（八キロ）ほど離れた田丸という小さな町の出身で、しかも先祖は鎌倉時代より名の通った豪族として、ささやかながら趣きのある城の主だった。その城跡は今は公園となり、あわせて町役場の建物がちんまり収まっている。

江戸時代の大名の数は俗に三百諸侯と呼ばれ、なかんずく最も小さなのは誰もが知るごとく、剣の達人である石舟斎宗厳《むねよし》が始め但馬守宗矩が栄えさせた大和の柳生家の一万石である。それと比べると久野君の家は一万五千石だから全国で下から二番目の少禄、それでも妹さんたちはことごとく美女揃い、身にそなわった上品さはとても田舎生まれとは思われない。

ところが維新以後の処遇を見ると、柳生家には子爵の位が賦与されたのに、久野君の家は無冠のままだ。田丸というお城はこのごろ世界遺産に加えられた熊野古道の起点に当たり、大名とはいえ紀州徳川家の家老職を兼ねていた。

田丸よりさらに西へ、櫛田川の渓谷をさかのぼれば高見峠を越え、すぐさま吉野山へ登ることができる。天誅組を鎮圧するために動員令がくだったとき、藩論は二つに割れたが、まだ幕府の名はそれなりに重みを持っており、結局は形式的に出兵した。たぶん、この折りの処理があだとなり、明治政府の中枢を占める西郷、大久保、木戸など薩長閥の癇癪《かんしゃく》に触れたのではなかろうか。久野君のお父さんは祖先の君臨した城下町で開業医として長く働き、先にしるした小津安二郎監督とはクラスメートだった。かおりのいい櫛田川の鮎のウルカを、ときおり旧友の乞いにまかせて大船撮影所へ送り届けたりした。

生活の手段としては外科を専門としたけれど、遠い北海道大学で究めたのは法医学だった。火事場で拾ってきた人骨から男女の性別を探り、死因を徹底的に実証する論文を書き、何とも屈折した目標に尽瘁した。田舎住まいには似せぬ、ソフィスティケートされた都会型のジェントルマンだった。

藩主みずからがそんな生きざまだから、もとの家臣たちもそれぞれ生活の道を工夫しなければならなかった。「家貧シクシテ孝子出ヅ」というわけだろうか。

村山竜平は足軽でこそないにしろ、ほとんどそれとスレスレの最下級武士だ。藩の瓦解とともに城下にもいたたまれず、伊勢の町に近い川端という村の知人の家に居候した。ちょっとした雑用を果たす、現代流にいえばニートみたいなその日暮らしを送っていたが、やがて周囲の押しとどめるのも聞かず、単身故郷を去り大阪へ引っ越した。そして、持ち前の才気と粘りを百二十パーセントに開花させて『朝日新聞』を創刊した。

地元にはすでに『伊勢新聞』が存在し、全国紙としても『大阪毎日新聞』より遅れたにもかかわらず、驚くべき短い年月でそれらより大輪のジャーナリズムの花を育てた。かつては軍部の政治関与、現代もなお右翼的な風潮の擡頭に異議を唱えつづける『朝日』の体質はどこから来たか。藩閥に目の仇にされて柳生家などより冷遇された田丸藩で過ごした少年の日々が竜平に、野党精神とモダニズムを否応なく植えつけたと考えられる。晩年、功成り名遂げると、石垣の下に、大正時代の田舎町では見たこともない設備のととのったプールを寄贈し、郷里の子どもたちの健康増進に貢献した。

二十年ほど前、暇を持て余していた時分、奈良の東大寺南門前から気紛れにバスに乗ってみたことがある。のろのろと七、八時間を費して南へ向かい、途中で三度、停留所で弁当を買ったりトイレを借りたりした。ひとつずつ止まるたびに老人や子どもをまじえて乗り降りするが、同じような住民の顔はほんの僅かな距離しかつづかず、風土はめまぐるしく変化する。景色もパノラマを見るように千変万化と繰り広げられ、わたくしは少しも退屈しなかった。

　現在では南大門前を起点とはせず、二十キロほど南の近鉄八木駅から始発となっているそうだが、それでも定期バスとしては日本での最長路線だといわれる。わたくしみたいに閑暇に任せて端から端まで乗車する客はあまりないと思えるのに、運転手さんはたった一人で押し通される。よっぽど体の丈夫な人でないと勤まらないだろうが、単独でおこなうところに経済的合理性を超えた目的があるのか。いや、そもそもあんなばか長い路線をいつまでも廃止せぬこと自体、会社の幹部を意識していない周囲の住民たちの無言の願いにこたえているのかもしれない。

　楽しみは中途で買う弁当が互いにまったく異なり、しかもどれも負けず劣らずおいしいことだ。まず鮎の押し鮓。これは売り子に尋ねるまでもなく、道路沿いを泡立ちつつ流れる吉野川の清流で釣ってきたもの。山地にさしかかると、柿の葉に包んだ鯖の切身。今から向かおうとする熊野灘で網にかかり、峠越えで運ばれてきたにちがいない。海なき大和盆地には貴重な蛋白源があり余る柿の木から得た包装に保護されて、同時に野性的な香をも加えている。十津川温泉を過ぎ北山川の急流を眺めるころになると、魚《さかな》っ気《け》のない菜っ葉だけに包まれた目張《めは》り鮓。魚好きには「やや物足りないな」とボヤク暇もなしに、新鮮な秋刀魚を芯に巻いた鮓に大口を開ける。ただし、太平洋をこの辺まで泳いできた秋刀魚はすっかり中年ジェントルマン風に成熟し、東京で食べ馴れた、脂をたっぷり含みジュウジュウ焼け焦げた若い面影とは一変してしまっている。

谷崎に『吉野葛』を創作させようとしたのは歴史的テーマの面白さはもちろんだが、なにしろ名だたる食いしん坊のこと、山地に似せぬ食べ物の豊富さが手伝っているのではなかろうか。しかも、よその土地ではあまり例のない現象で、南へくだるにつれて、弁当の辛みはしだいに増してゆく。そしてそれと矛盾するようだが、反比例して甘みの方も目立たぬほどに少しずつ加わる。もっとも、こちらは控え目にというか遠慮がちにというべきか、よほど舌さきの鋭敏な人にしか感じ取れぬ程度なので、大部分の乗客にとっては縁のない経験かもしれない。

同じようなパラドックスはバスの窓から覗ける景色についても成立する。大和盆地の明るさが西吉野の山地に入ると、木下道《このしたみち》の薄闇へと打って変わり、夕暮れめいて来る。まさしく、

み吉野の象山《きさやま》の際《ま》の木末《こぬれ》にはここだもさわぐ鳥の声かも　　山部宿禰赤人（『万葉集』二『日本古典文学大系』岩波書店）

である。それとひとしく、平地とは別種の明るさが繰り広げられ始める。

『吉野葛』は冒頭といえる部分にこうある。

私もかつて少年時代に太平記を愛読した機縁から南朝の秘史に興味を感じ、（中略）自天王の御事蹟を中心に歴史小説を組み立ててみたい、——と、そう云う計画を早くから抱いていた。（中略）口碑を集めた或る書物に依ると、南朝の遺臣等は一時北朝方の襲撃を恐て、今の大台ヶ原山の麓の入の波《しおのは》から、伊勢の国境大杉谷の方へ這入った人跡稀《まれ》な行き留まりの山奥、三《さん》の公谷《こだに》と云う渓合《たにあ》いに移り、そこに王の御殿を建て、神璽はとある岩窟の中に匿《かく》していたと云う。（谷崎潤一郎『春琴抄・吉野葛』中公文庫。以下同じ）

わたくしは入之波《しおのは》という寂しい村に一泊したことがある。高校二年生で、大台ヶ原山に友人たちと一緒に登ろうとして偶然安い宿に足を止めただけである。山頂から東へ越せば宮川となり、ふるさとと伊勢平野を潤おす大河と変身して神宮のすぐ傍で海に注ぐ。少年らしい単なる好奇心だった。

ひどく雨の多い、じめじめと薄暗い谷あいに僅かな家々が肩を寄せ合っているが、どこか高貴なかおり、オーラのごときものが漂っていた。

谷崎には一高（現在の東大教養学部）のころに津村という友人があり、その親戚が吉野の国栖《くず》に住んでおり、そうした縁故を辿って山奥の地理や風俗を聞きこむことができた。今とは違い、バス道路も未開通で交通のはるかに不便な明治の末か大正の初めにそんなところに自ら出かけるとは、相当な勇気が要ると思われるけれど、たぶん同じオーラに魅せられたせいかもしれない。

いや、そもそも文豪には判官贔屓《びいき》とでもいうか、そのときどきの時流に逆らう叛骨が皮膚の下にひそんでいるのが感じられる。自然主義のまっただなかで幻想的・唯美的な作品を書きつづけたり、激しい対米戦争はどこ吹く風とばかり発表のメドもなしに『細雪』に没頭したり、並みの神経でやり通せる芸当ではない。かくして、昭和の初め、『櫻花壇』に長期滞在し、足かけ三年もの月日を費してようやく書き上げられたけれど、かれの作品としてはたいそう珍しく、とてもパーフェクトとはいえず、創作の第一プロセスにすぎぬ作者の内的手続き、構想の抱懐の中間報告にとどまっている。集めた史料や古文献はおびただしい量に達し、吉野や熊野への旅の疲労を勘定に入れなくとも損失は計り知れなかった。

経済的基盤を失った南朝を辛うじて維持させたものは、京都から奉持してきた三種の神器だ。四代にわたって吉野においてプライドを支えた鏡・剣・曲玉とは何か。つまるところ、日本文化のシンボルにほかなるまい。北朝には現世的な権力はあっても、それらが決定的に欠けていた。

しかし、時日の経過とともに形勢は逆転してゆく。足利将軍も三代義満に至ると、武力的色彩を薄め、文化人の面影を帯びてゆく。金閣寺の庭園に黄金ばりの唯美的な塔を築き上げ、仏道修行には必要とも思えぬ究竟頂《くつきようちよう》と呼ばれる不思議な飾りを取り付けた。あわせて大和の田舎の労働歌にすぎなかった田楽の演じ手を膝元に呼び寄せ、世阿弥という名人に仕立て上げ、能楽をたちまち完成させる。

「力」のみならず「美」をも奪われたことによって、南朝の存在理由はなくなった。義満のとき、後亀山天皇は賀名生を去って京都へ帰り、北朝の後小松に神器を手渡し、「譲国の儀式」が執り行われた。

今も昔も、政治家が嘘をつく習性は変わらない。北朝と南朝の血筋が一代ごとに譲り合って皇位に就く約束は守られなかった。足利将軍にはそもそも最初から誠実に公約を履行するつもりなどなかった。だまされたと悟った南朝の生き残りは兵を挙げ、京都御所に乱入すると、どうにか曲玉だけを取り戻し、吉野の奥、川上村に持ち去った。

昔からあの地方、十津川、北山、川上の荘あたりでは、今も人びとに依って「南朝様」あるいは「自天王様」と呼ばれている南朝の後裔《こうえい》に関する伝説がある。この自天王、――後亀山帝の玄孫に当らせられる北山宮《きたやまのみや》と云うお方が実際におわしましたことは専門の歴史家も認めるところで、決して単なる伝説ではない。（中略）南朝、――花の吉野、――山奥の神秘境、――十八歳になり給うら若き自天王、――楠二郎正秀、――岩窟の奥に隠されたる神璽、――雪中より血を噴き上げる王の御首、――と、こう並べてみただけでも、これほど絶好な題材はない。（中略）作者はただ与えられた史実を都合よく配列するだけでも、面白い読み物を作り得るであろう。

でも、過剰な職業意識に少々たばかられたようだ。もしそんなに取り組みやすい相手なら、江戸時代の曲亭馬琴をはじめ、明治の鏡花にまで及ぶ才能ある作者がなぜ手をつけずにおいたのか。いったん取りかかったが最後、路に迷いつづけて出口の発見できぬ密林の奥へ、谷崎の精進をもってしても誘いこまれざるを得なかった。

同じ地域を旅した信州生まれの我が友人は、こう呟いた。

「山の標高はたいしたことなく、三千メートル級がざらにある長野県と比べれば、せいぜい丘くらいだ。でも、谷の数は多いし、ずっと深いね」

そして、谷と谷とを結ぶのは普通のアルピニストではなく、修験道を必死に体得しようとする山伏なのである。前歴をたどれば何らかの実人生に敗れた人びとの成れの果てだった修行者たちが後南朝《ごなんちょう》に肩入れするのは、自然の勢いだろう。

東京の下町に生を受け、関西移住ののちも京都、芦屋など高級住宅地で暮らした谷崎にとって、山地を徒歩で調査して回ることは容易なわざではなかった。


例の小説の資料を採訪すべく、五六日の予定で更に深く吉野川の源流地方を究めて来る。（中略）私の旅はほぼ日程の通りに捗《はかど》った。聞けばこの頃はあの伯母《おば》ヶ峰《ね》峠の難路にさえ乗合自動車が通うようになり、紀州の木《き》の本《もと》まで歩かずに出られるそうで、私が旅した時分とは誠に隔世《かくせい》の感がある。（中略）ほんとうに参ったのはあの三《さん》の公谷《こだに》へ這入った時であった。（中略）私の計画した歴史小説は、やや材料負けの形でとうとう書けずにしまったが、（下略）

多くの古書や史料の収集、徒歩にのみ頼る現地の調査の甲斐もなく、肝腎の小説は糸口すら摑めなかった。失敗の原因はそこの地形が険しかったばかりではない。光が闇を呼び、闇が光を呼ぶ。その反対の要素の共在は、同じように心理的な面でも通用するのではなかろうか。それに気づいたことが、この創作を断念させた。

しかし、この放棄が谷崎には成長のために必要だった。それまでは『痴人の愛』など僅かな例外を除いて、愛欲にのみ捉われた幻想作家にすぎなかった。

『吉野葛』以後、寡作になるとともに、光と闇の相克する人間を正面から描こうとする複雑な作風へと転じてゆく。『卍』『蘆刈』『蓼喰う虫』『盲目物語』『春琴抄』といった、昭和ひと桁の時代をいろどる傑作群を生むきっかけとなる。

「がんばれ」

わたくしたちはこの決まり文句をしばしば口にする。かつては別れの挨拶だった、

「さよなら」

はほとんど死語と化し、少し品のいい人びとが互いに取り交わす、

「ごきげんよう」

を耳にするためしなど絶えてなくなったのではなかろうか。

もちろん「がんばる」こと自体が悪いわけではない。日々の仕事にはそれなりの努力を必要とし、友だち同士が励まし合うことは良い風習にきまっている。しかし、どうやらこうした焦りは空回《からまわ》りに終わるような気がしてならない。

そんな傾向は何も日本だけにとどまるとは限らない。アメリカ、ヨーロッパをも含めて先進国と称される全体が広い視野から見れば、すでに緩慢な負け戦《いくさ》の状態にさしかかっているような気がする。いまだに成長のエネルギーを失わないのは中国、インド、ブラジルなど一部の新興国だけではないか。「がんばれ」が流行語となるに反比例して、引きこもり、鬱病が蔓延し、残酷な無差別殺人が頻繁に世間を驚かせ始めた。

もう一度体勢を立てなおし、高度成長の社会に戻すことは皆が願っているにもせよ、けっして容易ではない。むしろこれから必要とされるのは蓄積された成果を食い延ばす技術、無理をせずに寿命を保ちつづける知恵ではあるまいか。

そういう視点からすると、飽くまで勝者の立場を貫こうとする北朝的な論理は守り切れない。おまけに勝ったはずの代々の足利将軍は、義満といい義政といい、どこか空しさに満ちた日々を送った。吉野、熊野に隠れ栖《す》んだはずの南朝の自天王が一種の尊敬を集め、谷崎の創作意欲をそったばかりか、現在にいたるまで奈良県吉野郡川上村、十津川村などで住民の自発的意志にもとづいて年々の祭礼が伝承されてきた。われわれの受け継ぐべきは南朝の美意識であろう。

わたくしの十年来の友、坪井一高さんはまさしく五十年の半生をそうしたモデルで貫いた人だ。多くの南朝の子孫と同じく、本人の口からご先祖の功績について語られるのを聞いたことはない。しかし、熊野路の南端に位置する新宮に生まれたにもかかわらず、代々のお墓は名刹百万遍の知恩寺にあり、後醍醐天皇が京都を放棄したさい供奉《ぐぶ》した名残りとして都会的な上品さを挙措《きょそ》に漂わせたお公卿《くげ》さんのオーラは消えてはいない。

かなりのリッチとお見受けするものの、

「なに、父が新宮の花柳界で三味線を弾き遊びして、すっかり使ってしまいましたよ」

と、冗談まじりにおっしゃる。でも、そのお父さんたるや、言葉とは裏腹にけっこう勤勉なお人柄で、『ベルテック』というコンパクトな会社を創立され、まだ創始期に入って間もなかったカー・ナビゲーションを製作した。かたわら『羅生門』『雨月物語』などを送り出したのに倒産した永田雅一元大映社長を応援したり、大スター京マチ子をそれとなく庇護するといったメセナ活動にも尽力したりしている。ビジネスのためにロンドンをおとずれたさいには、それまで美術品を収集する趣味を持ち合わせなかったが、ひと目見て気に入り、フランシスコ・デ・ゴヤの『水をはこぶ女』を購入した。これは博物館をも含めて日本に存在するスペインの大画家の油絵としてただ一つで、むろん民間で所蔵するのはここのみだ。

映画に関する興味はひじょうに深く、単なるエンターテインメントの域を脱したアート系の作品の輸入に力を注いでいらっしゃる。『カッコーの巣の上で』と『アマデウス』によってすでに二度アカデミー賞を獲得したミロス・フォアマン監督の『宮廷画家ゴヤは見た』を配給したことも、浅からざる因縁というべきか。フォアマンは招きに応じて来日し、そのさい、芝白金の加藤清正の屋敷跡で満月を賞《め》でつつ小宴をもよおした。わたくしも友だちとして列席したが、卒直な会話が交わせて嬉しかった。

ハリウッドとの仲介に当たったのはレイエス由利子という、年齢不詳の知的な美女。もともと歌舞伎の名優片岡仁左衛門の縁戚だが、渡米して類の少ない女性プロデューサーにまで成長した稀有な人物。『ベルテック』経営のパートナーとなった。

吉野・熊野という地域には魔術的なエネルギーがある。生と死。正と邪。笑いと涙。清浄と不潔。善と悪。対立するものを無力化し無意味にする。しかも美しさを保ちつつ。

誰もが知るとおり、今の皇室は北朝系だが、必ずしも南朝と対立しているわけではない。目に見えぬ奥深いところでつながっていらっしゃるのではあるまいか。たとえばノーベル平和賞を受けた『マザー・テレサ』の映画を公開前に、坪井さんがチャリティー試写した催しには、皇后陛下がご出席になった。わたくしも招かれ、わずかな距離より美智子さまのお顔を見ることができたけれど、けだかさとともに周囲の人びとへのお心くばりのデリケートさに感動した。

反対物の美的統一。それこそ谷崎が小説によって表現しようとして未完成に終わったものだけれど、エッセイ『いわゆる痴呆の芸術について』では、はるかに上手に説明している。歌舞伎や文楽の『義経千本桜』の『すし屋』において、いがみの権太が果たす善人とも悪人ともつかない奇妙な役割こそ、まさしくそれに相当する。六世尾上菊五郎の流れを汲む東京の型もけっこうだが、仁左衛門の伝える関西の型に忠実に再現されている。

神楽坂のてっぺんの露地を少し入ったところに『松屋』の小ぢんまりした店がある。吉野山に遊んだ土産といえば、そこに自生する葛を使った菓子だが、それをもっぱらあきなう老舗の支店で、品のいい女性が店番をつとめ、看板の風格漂う文字は谷崎の貴重な自筆だ。たまに通りすがりに買い求めて、甘いともほろ苦いとも付かぬ葛湯にして呑む。ただ、おいしいことだけは受け合いである。

坪井さんも危機をくぐり抜けた経験を有し、頑固な糖尿病に悩まされ、五十歳になるかならずで一切のビジネスから引退しようとした。そのとき、かれを救ったのはやはり吉野川・熊野川の水だった。ただし、それを奈良県・和歌山県からじかに運んだのではなく、アメリカ科学の力によって倍加した点が現代っ子らしい。そして、碧い目の学者との仲を取り持ったのは由利子さんである。現在『ヴィボ』ナノクラスター水としてベルテックのビジネスの中核をなしている。熊野川はさすがに遠すぎるので、伊豆の霊峯である天城山から得た水を使用していると聞いた。

八　蛸、鮎の腐れ鮓、最後にオムレツ

建て替え中の『歌舞伎座』を含め、歌舞伎はいつに変わらぬ人気を博している。めでたい限りだが、それにもたまには例外がある。江戸時代から「ニッパチの枯れ」と言って、二月と八月にはどうしてもチケットの売れゆきが悪い。原因というのはお客のふところ具合に関係しており、それぞれ正月とお盆の休みのあととあって小づかいを節約せざるを得ないからだ。幸いにも余裕に恵まれた連中は逆に、スキー、海水浴などに遠出してしまう。

そういう不入りのシーズンを乗り切るために持ち出される人気狂言が、今さら言うまでもなく『仮名手本忠臣蔵』だ。この世界では「独参湯《どくじんとう》」と呼び倣《なら》わされているけれど、漢方で用いられた気付け薬のことである。わたくし自身は忠義をテーマにしているところが多少は抵抗感を覚えるけれど、それでも『歌舞伎座』最前列の椅子に掛け、チョンチョンと大序の柝《き》が打たれ、人形の口上が始まると、嬉しさに胸がときめく。他の狂言にはないことに、これに限って幕の外へ赤い毛氈を掛けた台を出し、その上に柿色の裃《かみしも》をつけた人形が現われ、扇子を手にいろいろユーモラスな身振りをまじえ、エヘンエヘンと咳払いしつつ配役を紹介する。

とはいえ、竹田出雲はじめ並木千柳、三好松洛、三人の作者の手馴れた合作による『菅原伝授』『千本桜』のうち、これがいちばん心おどらないのは認めなければならない。その依って来たるところは、食いしん坊のわたくしにとって、我慢々々の連続の長芝居は、欲望を解放するきっかけがあまりないからだろう。

でも、たった一カ所、大好きな幕が挟まっているので、そこだけは上演されれば必ず見にゆく。ほかでもない、七段目『祇園一力の場《ぎおんいちりき》』である。

これには京都の東山区八坂神社の西門前にまだ同じ店が残っていて、四条通りを通りすがりに暖簾《のれん》のうちを覗くことができる。年ごとに三月二十日、大石忌も執り行われ遺品が公開される。

実説によると、大石内蔵助が遊んだのは伏見撞木町《しゅもくちょう》だといわれるけれど、ここは大坂へくだる三十石舟の起点となる淀川の港だ。わざわざ山科の仮住まいから通うとしたら、すでに城を明け渡してきた赤穂へのノスタルジアに駆られてのせいだろうが、環境の雰囲気がやや田舎っぽく暗い。それに比べて祇園は華やかでパリのモンマルトルにもまさるグルメの聖地。内蔵助はともかく、わたくしにはこたえられない。たぶん、じっさいには気の向くまま両所に代わるがわる足を向けたのだろう。

舞台での大星由良之助は仲居や幇間《たいこもち》を大勢相手に、ひたすら酒興に浸っている。それが仇とつけ狙う高師直《こうのもろのう》を油断させるためか、あるいはみずから述懐するとおり、

「四十に余って色狂い、馬鹿者よ気違いよと笑われると思うたに（中略）コリャ古い。サア、酒々」（『仮名手本忠臣蔵』歌舞伎オン・ステージ8　白水社。以下同じ）

と芯からの放埓《ほうらつ》なのか、ちょっと見分けがつきにくい。当たり役としてたびたび上演した十三代目片岡仁左衛門ですら、

色気が必要な一方、一国の家老らしい重さおおらかさも必要で（中略）難しい役です。

と芸談で指摘している。本音がどちらにあるのやら、単純には断定できない。

かつて同じ家老職をつとめたにもかかわらず、今や金に目がくらんで師直のスパイとなり座

敷に現われた斧九太夫は、酒盃を突き付け、

「サア、由良之助、さし申そう」

とすすめ、さらに、

「ドレ、肴《さかな》いたそう」

〽傍《そば》に有り合う蛸肴《たこさかな》、はさんでずっと差し出《いだ》せば

（と九太夫、蛸をはさんで由良之助に差し出す。由良之助思い入れあって）

「手を出して足を戴《いただ》く蛸肴。（ト思い入れ）ドリャ賞翫《しょうがん》いたそう」

（と喰わんとするを、九太夫押さえて）

「コレ、由良之助殿、明日は主君塩冶《えんや》公の御命日、取り分け逮夜《たいや》はなお大切と申すが、見事その蛸、貴殿は喰うか。」

と問い詰めると、由良之助は、

「喰べいでなろうか。たゞし主君塩冶殿が蛸になられたという便宜《べんぎ》があったか。（中略）精進する気微塵《みじん》もござらぬ。お志の肴、賞翫いたそう。（ト思い入れ）

〽何気もなく、たゞ一口に味わう風情《ふぜい》、邪智深き九太夫も、呆《あき》れて詞《ことば》もなかりける。

便宜というのは、自分は冥土で蛸に生まれかわった、とでも主君からの便りか手紙かがあったことを指す。命日の精進を汚すのに、蛸は他の魚よりひどいと考えられているのだ。由良之助の食べた蛸はどこから京へ運ばれたものか。関西でもっとも珍重されるのは明石海峡だろう。淡路島とのあいだで潮流が速く、必死にもがくおかげで筋肉が適度に引きしまるといわれる。

志摩半島を例に取れば伊勢湾口の伊良湖水道。日に二回、潮の向きが激しく変わり、魚もしょっちゅうそれに揉まれて気が抜けない。わたくしも帰郷するたびに食べるのを楽しみにするほど、茹で蛸は美味である。

銀座の『新富ずし』の名人職人村田さんに聞いた話では、蛸の茹で方はむずかしいそうだ。

一匹ずつ個性が違い、茹で足りなければ固いし、さりとて茹で過ぎればおいしいところがお湯のなかへみんな逃げてしまう。――東京の付近でいうと、やはり横須賀と房総半島に挟まれた浦賀水道で捕れたのが一番いい。

「湾の奥や太平洋のまんなかで釣ったやつは、ゴムを噛むみたいなもんでげしょう。古い呼び名でいう、速吸《はやすい》の門《と》にはとても叶いっこありませんや」

先輩から受け継いだ秘伝として、意外に教養っぽいことをおっしゃる。

祇園という土地柄が示すとおり、蛸には妙にエロスを連想させるところがある。しかもどこか滑稽さをも伴っている。当の軟体動物にとっては迷惑かもしれないけれど、ブヨブヨした胴、八つもの足の数、吸盤の多さ、武器として吐く墨がそんな連想の理由かもしれない。

たとえば葛飾北斎描く枕絵のなかに、志摩半島などで活躍する海女が渚の厳頭に横たわり、丸裸で巨大な蛸とセックスしている不思議な絵が存在する。

大蛸いわく「いつぞはいつぞはと狙いすましていた甲斐あって、今日という今日、とうとうとらまえたァ。……いっそ竜宮へ連れて行って（下略）」（林美一、永田生慈、浦上満ほか『北斎　漫画と春画』とんぼの本　新潮社）

このたった一枚が北斎の名を不朽にし、日本のみならずヨーロッパまで伝わり、さまざまな影響を及ぼした。

ほんの一例を挙げると、シュールレアリスムの閨秀画家ボナ・ド・マンディアルグに興味深い模倣ないしパロディーがある。

ボナは映画化されヒットした『オートバイ』『余白の街』の原作者として我が国にもよく知られているアンドレ・ピエール・ド・マンディアルグの奥さんだ。わたくしはたまたまアンドレとめぐり逢う機会を持ち、その人格にも好意を抱いている。

三島由紀夫の戯曲『サド侯爵夫人』が死後フランス語に翻訳され、アンドレは訳者として日本に招かれた。赤坂の『草月会館』において上演され、その添え物に講演会があった。劇場の廊下を所在なくうろついているとき、何となく会話を交わし友だちになった。

おおぜいの観客の行き来する休憩時間で、アンドレの後ろには中年ながら美しいボナがぴったり付き従っていた。日本の料理はすばらしく旨く、共にグルメである二人はパリから用意してきたお金を忽ち使い切ってしまい、ふところが淋しいとおっしゃる。

そこでカバンから徐ろに引っぱり出したのは『城の中のイギリス人』だ。ラフュァーマ・ナ

ヴァールの特漉紙《とくすきし》に、ボナの肉筆を挿絵として描いた限定五部のうち一冊だった。値段はいくらか、と問うわたくしに対して、

「ムッシューがいま財布の中に持っていらっしゃる全額でいい」

と答える。こちらも買う気をそそられ、財布ごとポケットから抜き出し、中身をろくろく確かめもせず本と交換に手渡した。したがって、二十万円だか二万円だか、正確にはわからない。

その場で突っ立ったままパラパラとページをはぐると、一枚は金髪の白人女性が逞ましい黒人青年に手鎖によって縛《いまし》められ、背後からレイプされている、ありきたりの春画が出てきた。

もう一枚は明らかに北斎を真似ており、絵の大きさもほぼ二倍に近い。仰向けに横たわった裸体の西洋人の美女に小さい三匹の蛸が絡み付き、それぞれ任務を分担し、唇に接吻したり、抵抗を妨げるために胴体を押さえたり、手足を締めつけたりしている。特筆すべきは、彼らとは種類の異なるらしい図体のでかい別の一匹が故意に少し距離を取り、わざわざ逆立ちした恰好で色鉛筆で丁寧に描かれていた。主役と思われるそいつの役割はレイプすることにはなく、他の三匹によって無理やり広げられたヴァギナにまん丸く目を見ひらき、恍惚と観察する作業に余念がない。

『城の中のイギリス人』に関しては、わたくしはすでに普及版を所持している。まったく未

知の作家名でモナコの小出版社から上梓されており、文体その他から推理して、マンディアルグの偽名ではないか、と噂されていた。あたかもフランスはナチス・ドイツに占領されビシー政権統治下にあり、本名はなかなか使えなかったようだ。平和が回復されたのち、やはり人びとの推定は正しかったと証明された。

アンドレとボナは仲がいい割に何回か衝突し、一度離婚したのにもう一度入籍している。これはまあ、フランス人、イタリア人にとっては、それほど珍しいことではない。

グルメについても、二人ともその道では名うての数奇者で、彼らの気に入り、東京の料亭やレストランで思わぬ散財をしたとの告白は嬉しい限りである。わたくしの友人で外国語大学の教授をつとめる男が、パリに遊んださい、アパルトマンをたずねると、あらかじめ予告しておいたにもかかわらず、留守居をしている作家ひとりが、バターを塗りたくったバゲットをかじっているきりで、テーブルの上に副食物は何もなかった。ここしばらく贅を尽くした献立がつづいたせいで、財布のなかがスッカラカンになったとのたまう。

ボナのいない理由を尋ねると、

「いやぁ、我が妻はアジア人の男性の顔を見ると、異常に性的に興奮してしまうので……」

語尾を濁らし、困ったようにニンマリとほほえんだ。

好奇心が抑え切れず、わたくしは蛸と西洋文学の関係について質問した。

マンディアルグらは、得たり、と受け止め、長広舌をふるい始めた。博引旁証、古代ローマから中世、二十世紀におよぶ無数の書物が次つぎと舌鋒に閃めき、たちまち十分ほどが過ぎ去る。フランス語はようやく理解できるにもせよ、こちらにラテン語の素養が不足している。ましてや挙げられる本の名は、初めて耳にするものばかりだ。たった一人で受講するのはいかにも勿体ない授業が、不審げに周囲を流れていく人の渦のなかでえんえんとつづけられた。

マンディアルグによれば、蛸こそは美味に関してこの世で二番目の逸品だそうである。わけても日本のは飛び抜けていい。コロコロ、フニャフニャ、シコシコ、ネットリ、シュルシュル……。考えつく限りのオノマトペー（擬音語）を総動員しても足らず、表現を拒み通すとおっしゃる。

幸か不幸か、開幕を告げるベルが鳴りひびき、わたくしは夫婦と握手して観客席にもどった。

さて、蛸が第二位とすれば、首位を占める料理は何だろう？　わたくしは聞き漏らしたけれど、このとき購入した書物の中に解答は明確にしるされていた。

『城の中のイギリス人』の主人公の名前はモンキュ、直訳すれば「尻山」さんという意味になる。人間にとって生きてゆく上でなくては叶わぬ排泄作用をつかさどり、グルメの向かう先は遂にはスカトロジーに辿り着くほかあるまい。

「なによ、フランス人なんて、いたるところで他人の発明を掠めとった盗人じゃないの。（中略）うんこを食べるのはドイツ風なのよ。大戦前には、ベルリンの高級レストランで、どこでも出したものだわ」（中略）

「しかし、人間の糞の料理、こればっかりはベシャメルソース、セヴィニエ夫人、レジョン・ドヌール勲章、あるいはコンセール・マイヨールなどと同様、れっきとしたフランスのものだ。（中略）フランス万歳！」

小さな糞の塊まりに咽喉を詰まらせて、モンキュは重ねてグラスを乾した。（A・ピエール・ド・マンディアルグ『城の中のイギリス人』澁澤龍彦訳　白水Uブックス　白水社）

同じような流れは東アジアにも見られ、中国清代（十八世紀）の詩人袁枚《えんばい》があらわすところの怪奇小説集『子不語』には『糞がうまい』と題する短編がおさめられている。

浙江省の貴族、君寿という男は友人とピクニックに出かけた折り、中途で生理的要求に迫られた。たまたま荒れ果てた墓があったので、その上にしゃがみ込み用を達《た》した。止せばよいのに葬られている骸骨に向かい、糞を呑ませ、いたずら半分、こう問いかけた。

「おい、お前うまいかね」

骸骨が口を開く。

「うまい」

君寿は大いに驚き、逃げ出した。（中略）

君寿が家に着いたときには、顔は死灰のようだった。やがて病気になり、日に大便をするごとにこれを手にとって呑み込んだ。そして自分に問いかけるのである。

「おい、うまいかね」

食い終わると、また垂れ、垂れ終わるとまた食うという具合で三日にして死んだ。（袁枚『子不語』I　手代木公助訳　東洋文庫　平凡社）

「おばあちゃん、今日のご馳走は何《なあに》？」

三歳か四歳のわたくしが回らぬ舌で尋ねると、

「赤魚よ」

「穴子だわ」

「蛸です」

などと、朝ごとに違った魚の名をやさしく答えてくれる。一キロほど隔たった伊勢の商店街まで出かけることはめったになく、夜明け前に漁師の亭主の舟出して釣ってきた小魚をリヤカーに積み行商にくる顔見知りの女からもとめたもので大抵間に合わせる。しかし、自ら手を濡らして包丁で切ることはけっしてなく、振り売りの女に頼んで刺身にするなり切身にさばくなり、手ぎわよく片づけてもらう。まるで夫やわたくしのために、止むを得ず気味の悪い作業にいやいや従事するかのようだ。

表向きは棕櫚箒《しゅろぼうき》の売り歩き、そのじつはサイコロ賭博で飯を食うらしい遊び人の夫と、腹を痛めた実子がない淋しさを紛らす目的で預かったわたくしが、二人とも皮肉にも途轍もなく牛肉や魚が大好きと来ている。

「なまぐさい」

「毛臭い」

日に何度もそんな嫌悪の言葉を連発するお留《とめ》ばあさんにとって、大変な苦行の連続だったことは間違いあるまい。

生まれて育ったのが伊勢神宮（外宮）の裏山に当たる前山という、緑濃い谷底の村。実家はおいしい柿の実を産し、あわせて炭を焼くなりわい。しかも、明治二十年にオギャーとうぶ声を上げ、小学四年までの義務教育をたった一年で中退した大和撫子だ。牛肉や魚介を気味悪がり、あたかも巫女《みこ》のごとく振る舞うのもむべなるかな、と納得させられざるを得ない。

そのおばあさんがただ一つ、自身で包丁をふるって内臓《わた》を取り去り、さもいとおしげに料理するのが「鮎の腐れ鮓」をつくるときだった。鮎のみが嫌悪を呼ばず、むしろこの上なしに親しみを覚える何ものかを持っていたにちがいない。

鉄道の敷かれていない旧幕時代、江戸や京大坂から参宮にくる人びとは、伊勢の街へ入る直前、いやおうなしに宮川という大河を徒渉《かちわたり》させられた。大和との境、大台ヶ原山に源を発する長さ四十里（百六十キロ）の大河。二十一世紀の現在も日本一の名水とたたえられる清らかさのおかげで、鮎のかおりが良く、鰻もまたどこよりもうまい。地もとの釣り自慢が捕ってくるに任せ、かくべつ魚屋の店さきに並べられる手間もはぶけ、物資の不足する第二次大戦中といえども、市民の胃袋を辛うじて支えた。いやむしろ、昭和二十（一九四五）年という敗戦の夏、川面は軽やかにおどる銀いろの魚影で美しく映えた。

ふだんなら釣りにくるはずの若者たちが戦場に駆り出され、増えすぎた魚の群れが行き場を失った果ての絶景だったろう。米軍の爆撃によって焼けただれた市街地とはまた別の、グロテスクな眺めに子どもたちは堤防に立ちつくし、互いに怯えた顔を見合わせるしかなかった。

実家から届けられたひと粒選りの白米をホカホカに炊き上げ、茶いろの瀬戸焼の瓶《かめ》に薄く詰める。その上に生きて跳《と》びはねていたころの雄姿をそのままとどめる鮎を一列横隊に、隙間もなく整列させる。それが終わると、ふたたび米の飯。さらに溢れんばかりの魚臭を放つ鮎たちを並べる。かたわらに坐りこみ目を丸くして見守るわたくしに誇るがごとく、お留ばあさんの得意技は二、三時間を掛けて披露されるのであった。

準備が済むや、台所の隅の日当たりの特に悪いところに瓶は大切に保管される。

「おばあちゃん、あれは何?」

好奇心に駆られて質問すると、

「鮎の腐れ鮓さ。おじいちゃんの晩酌の肴だよ」

ニッコリ笑《え》まいつつ、だいじな秘密でも明かす口調で答えてくれる。「腐れ鮓」とは呼ばれながら、ほんとうは腐敗の一歩手前、醱酵作用を巧みに利用した庶民の家庭料理。

出来上がると、瓶の蓋を取るたびに、ひと切れわたくしの紅葉みたいな掌に載せ、

「おいしいよ。食べてみるかい」

ひと口に頬張るや否や、芳香と刺激的な味覚で幼児の体はつつまれ、えも言えぬ恍惚の境に入る。後年の酒好き文士を予告するのか、幼稚園にかよう前から、わたくしは左党の好む食べ物に悉く引かれっぱなしであった。

でも、大陸や南方の戦場からぞくぞく復員してくる若者が釣り竿をにぎり、川面からはみ出しそうな鮎の群れはひと夏の幻にすぎなかった。同時にじいさんも世を去り、ばあさんも後を追うように死ぬと「腐れ鮓」を口にするすべはなくなった。

参宮に来た客をもてなす名物はとても数え切れぬ伊勢志摩だけれど、これは家族のために主婦がひっそり作るメニューでしかない。心のなかでむなしく憧れつつ、再会する願いは「あいな頼み」（当てにならぬ願い）に終わりかけていた。

近鉄のターミナル駅の裏手で『モーツァルト』というコーヒーの小体《こてい》な店を経営する友人の竹内君が、ふるさと帰りのさい、たまたま立ち寄ってみると、小さな紙包みをくれた。何の気なしに開ければ、数十年ぶりに鼻孔を満たす独特の芳香。

「おや、こりゃ鮎の腐れ鮓じゃないか」

我が声はよくよく感に堪えたものだったのだろう。竹内君は苦笑しつつ、

「女房の妹で、あなたもかねて顔見知りのF子が毎年作り、ぼくにも食べさせてくれます。

もしお気に召したらお裾分けのお裾分け、来年の夏はもっとたくさんこしらえ、宮本さんの分もここへ届けさせましょう」

F子さんは子どもの時分から親しくし、宮川のずっと上流の村にとつぎ、現在はたしか市役所でパート勤務をしていらっしゃる。腐れ鮓の作り方はお母さん直伝で、左党のご亭主のため年ごとに腕をふるわれるそうだ。

さなくとも、ふるさとはありがたいもの。しかし、そんな淡い約束が加わったおかげで、伊勢への帰省がますます胸おどる期待でふくらむようになった。


どこまでが真剣で、どこからが遊び感覚なのか、よくは誰にもわからない。でも、食べることに人生の気力の大部分をついやすフランス人などに言わせると、けっこう一人ひとりが心の底に温めているのがデルニエ・ディネという窮極の願い。

もし自分の寿命が尽きて、あとほんの一回だけで食事を終わらせ、あの世へ旅立たねばならないとしたら何を食べたいか——つまり切羽詰まったグルメの立場に身を置いてみるがいい。

ただし、どこか嘘っぽい設定だとはたちまちバレてしまう。あと一回しか食事を取れない人間が何でも選べるというのもそもそもおかしいし、そんな体力が残っているなら、少なくとも更に数回は同じことを繰返せるのではあるまいか。

そんな合理的反論は別として、眠れぬ夜を蒲団のなかで輾転反側しつつ、あれやこれや空想をめぐらすと楽しい。いや、楽しみのなかに否定しがたい怖さもまじり、フランス人ならずともつい、の、め、り、こ、む、魅力は充分に備えている。

東京と伊勢志摩を年に四、五たびは往復するのを習いとしたわたくしにとって答えはどうなるか。これが意外や意外、この上なく単純に、プレーン・オムレツときまっている。

この世を去る日、たまたまふるさとにいるとすれば、お世話になりたい場所は志摩観光ホテルの英虞《あご》湾を見下ろすベイ・スイートの三階『ラ・メール』。活《い》きた伊勢海老、黒鮑で鳴らしたレストランだが、すべて遠慮して、鶏卵四個ほどで肉も野菜も何ひとつ加えず、オムレツをシンプルに焼いてもらう。お手を煩わすのはグラン・シェフ宮崎英男さんはあまりに恐れ多いので、なお若わかしい美人のシェフ樋口宏江さんが望ましい。パリで念入りに磨き上げた腕前はすばらしく、皿への盛りつけのカッコよさもいつも美術品に近い。

有名料理学校の卒業テストはやはりプレーン・オムレツと聞いた。混ぜ物によってごま、か、し、が利《き》きにくく、実力がそのままあらわれる。おっと、パンだけはぜひとも欲しい。それもパリをしのんで、チーズ入りで熱く焼いたクロック・ムッシュー。いや、男性の精液にどこか似た匂いのそれよりは、女性のあそこを連想させるクロック・マダム。『ラ・メール』の自家製パンは焼き上がりがさっぱりして、誰にもあった遠い青春のマドモアゼルのほのかな記憶を呼びおこすこと受《う》け合い。

飲み物は数十年親しんだソムリエ、椿知也さんに栓を開けてもらったシャサーニュ・モンラシェ。値段をいえば五千円くらいというところか。生涯をつうじて貧書生で暮らしてきたわたくしには、まことにふさわしい。

ふだんどおり東京で暮らしているなら、どこがいいか。ここなら躊躇なく、『ホテル・オークラ』の一階、『テラス・レストラン』をえらばせていただく。広すぎもせず狭すぎもしない江戸末期の大名か旗本ゆずりの和風の庭園が目の前に広がり、どんなに客の多いときでも喧騒の熱気を不思議に冷やしてしまう。

料理人は腕っこきぞろい。わざわざ指名する必要はない。食べたいのはプレーン・オムレツのみ。出来ばえに凸凹はない。

ただし、ワインはアルコール分のやや強いシャトー・ヌフ・デュ・パープ。これは若いころ初めて口にしたフランス・ワインだからだ。

大学の恩師、鈴木信太郎教授は『法王新城』と呼び、弟子たちに気前よく振る舞っていた。場所は巣鴨のご自宅。頑丈そうな土蔵を改造された書庫のなかで、天井までしつらえられた棚には数えきれぬ稀覯書がうず高く積まれていた。

ワインをひと口啜るが早いか、他の客たちは消え去り、あの懐かしい鈴木さんの声が耳のなかにひびく。

「な、宮本くん、もういいだろ。こちらへ返してくれよ」

先生とわたくしのあいだには、一冊の本が机の上に置かれている。慣れぬ手つきでグラスを傾ける弟子をハラハラ見詰めていらっしゃるのは、白玉楼中の人となって久しい恩師が、ワインを惜しむのではなく、もしや貴重な本を汚したりせぬかとのご心配にきまっている。

ステファヌ・マラルメの長い詩『半獣神の午後』の初版。特注した和紙に印刷され、親友のエドゥアール・マネが描いた挿絵で飾られた、たった二十部のうちの一冊。

「これが失われたら、ぼくは間違いなく気がヘンになるだろう」

白ワインを飲みつつ、そのページをはぐるのが先生の至福の時なのだ。ツマミは何も要らず、小石川関口で売っているフランス・パン。楽しみのお裾分けがしたくって、学生たちを誘ってみたものの、本の上にこぼされる懸念がすぐに頭をもたげる。

熱気みなぎるシチリア島で、水辺に憩い、互いに髪を結いあげるニンフ——水の精たち。好色な半獣神（牧神）は隙をうかがい、レイプせんと引っさらったが、欲が深く、ニンフ二人を両脇に抱えたために、スルリと逃げられた。まことや、二兎を追うもの一兎も得ず、とはこのことか。

疲労のせいでしばし眠ったあとの半獣神は、エロティックな肉いろの幻を見る。あれは現実だったか、それとも夢だったか。満たされぬ魂を癒やすべく、かたわらの蘆を折り取って笛をつくり、嚠喨《りゆうりよう》と吹き鳴らす。

さて蘆笛《あしぶえ》の生《あ》れ出づる音取《ねとり》のゆるき調《ふし》につれ、
飃翔《をどりかけ》るは、白鳥か、あらず、水汲女《ニンフ》のナイヤード、
逃れ走りて水に入る……（『マラルメ詩集』鈴木信太郎訳　岩波文庫。以下同じ）

親友マネの絵は、小品ながらそのシーンを生きいきと描き切っている。いつの間にか押っかぶさるごとく、ドビュッシーの気《け》だるい名曲『牧神の午後への序曲』がわたくしの耳のなかにも谺《こだま》し始める。

十九世紀フランスの象徴詩と、印象派絵画と、幽幻な音楽と……。師弟ともに我を忘れて没入するあいだに、

昔ながらの夜の積る　わが懐疑《うたがい》は、

しだいに遠ざかり、
一乗真如《いちじょうしんにょ》の森

に住み給う、鈴木さんのお傍へと近寄ってゆく。

（了）

著者略歴

一九三〇（昭和五）年三重県伊勢市生まれ。

東京大学文学部仏文科卒。

一九七三（昭和四八）年「六十六部」で小説家デビュー。

一九七五（昭和五〇）年「浮游」で新潮新人賞受賞。

一九八七（昭和六二）年「力士漂泊」（小沢書店）で読売文学賞受賞。

一九九一（平成三）年「虎砲記」（新潮社）で柴田錬三郎賞受賞。

他に「銀狐抄」（新潮社）、「破城仙女」（集英社）、「潤一郎ごのみ」（文藝春秋）、「米の島」（集英社）、「敵役」（集英社）、「たべもの快楽帖」（文藝春秋）など著書多数。

文豪の食卓

二〇一〇年一〇月一〇日 印刷
二〇一〇年一〇月二五日 発行

著者 © 宮《みや》本《もと》徳《とく》蔵《ぞう》
発行者 及川直志
印刷所 株式会社理想社
発行所 株式会社白水社

東京都千代田区神田小川町三の二四
電話 営業部〇三（三二九一）七八一一
編集部〇三（三二九一）七八二一
振替 〇〇一九〇―五―三三二二八
郵便番号 一〇一―〇〇五二
http://www.hakusuisha.co.jp
乱丁・落丁本は、送料小社負担にてお取り替えいたします。

加瀬製本

ISBN978-4-560-08097-9

Printed in Japan

井上ひさし
井上ひさし全選評

三十六年にわたり延べ三百七十余にのぼる文学賞・演劇賞の選考委員を務め、比類なき読み込みの深さで新人を世に送り出し、中堅をさらなる飛躍へと導いてきた現代の文豪が築き上げる一大金字塔。

菊池夏樹
菊池寛急逝の夜

快気祝いの宴を襲った突然の悲劇。祖父創立の文藝春秋で活躍したその孫が、親族の証言などをもとに、偉大なる文豪・プロデューサーが駆け抜けた五十九年の生涯を、その日から迫る。

永井永光
荷風と私の銀座百年

銀座の名門バー「偏喜館」の店主が、養父永井荷風との微妙な親子関係を引きずりつつも、それぞれがこよなく愛する街の変遷を描いた親子二代の風物詩。荷風お気に入りの店を詳述。

常盤新平
山の上ホテル物語

多くの作家に愛され、数々の名作を生み出す影の力となったホテルの物語。支配人たちが語る作家たちの素顔を通して、五十年にわたる文壇の一面を描く。解説＝坪内祐三　《白水Uブックス》

田村　隆
隠し包丁

「いただきます」の期待感、「ごちそうさま」の読後感。つきぢ田村の三代目が、腕によりをかけ、うわさの料理の精神を豊かにつづった、三十三品のおいしいエッセイ。　《白水Uブックス》